KB024580

4.7인치의 세계에서 사랑을 했다

키나 치렌 장편소설
주승현 옮김

제우미디어

4.7인치의 세계에서 사랑을 했다

키나 치렌

Chiren Kina

이 이야기를 하나코에게 바친다.

Contents

프롤로그

prologue

방에 줄곧 틀어박혀 있던 하나코는 간만에 창문을 열었다.

일제히 비쳐 들어오는 눈 부신 빛이 방을 비추고, 공기 중의 먼지가 반짝이는 진주처럼 부유한다.

창밖에는 벚꽃이 흩날린다. 사랑의 멋짐을 알리는 하늘하늘한 벚꽃. 한 잎씩 지면에 이끌려 간다.

그것은 헤아릴 수 없을 만큼 많은 생명이 끝나 가는 모습인데, 아무도 그렇게 생각하지 않는다. 모두가 그 광경을 봄의 시작이라고 느낀다.

하나코도 그렇게 느끼고 있었다.

이제부터 일어날 일을 생각하면 가슴이 크게 고동쳐서 진정되질 않는다.

지상에 내리쏟아지는 기적적인 빛 속에서, 꽃잎은 비처

럼 계속해서 내리고 있다.

그 꽃비 속으로 하나코는 뛰어들어갔다.

※ 제1화

사랑을 한다 4.7inch 속 세계에서

점점 깊은 어둠 속으로 빠져드는 방 안에서 숨을 쉬고 있다.

하나코는 이미 이 세계에 존재하지 않는다.

지금 하나코가 사는 세상은 손바닥에 쏙 들어가는 스마트폰 속 4.7inch 화면이고, 그 외 세상에서는 그저 몸이 숨만 쉬고 있을 뿐이다.

하나코는 언제나 현실을 그렇게 느끼고 있었다.

그래서 지금은 이 분홍색 전자기기만이 하나코에게 현실 세계의 정보를 알려주는 존재다. 마치 우주 끝의 정보를 지구에 전달하는 인공위성처럼.

하지만 하나코는 때때로 기계만 보고 있는 자신이 무서워서 견딜 수가 없다.

작은 화면에 몰입해 있다 보면, 점점 시간 감각이 사라져 가는 것을 느낀다.

1분이, 한 시간이, 하루가, 1년이, 유성이 지나쳐 가는 것처럼 순식간에 사라져 간다.

돌이켜 생각해 보면, 2년 전부터 하나코의 시간은 멈춰 있는 것일지도 모른다.

고등학교 졸업식 날 이후로 하나코는 줄곧 집에만 틀어박혀 있다.

2년 동안 한 발자국도 바깥에 나가지 않았다.

그렇다고 해도 매일 제대로 목욕도 하고 있고, 오줌을 페트병에 채워 정원에 던지는 끔찍한 생활 수준까지 이른 것은 아니다.

하지만 아침에 일어날 필요가 없는 탓에 완전히 밤낮이 뒤바뀌어져 버렸고, 어디에도 가지 못하고 방에 틀어박혀 있는 시점에서 이미 인간의 가장 밑바닥이라는 것은 자각하고 있었다.

그러나 걸어서 5분 거리인 편의점조차도 하나코에게는 한없이 멀다. 마치 북극점처럼 느껴지기까지 한다.

자신을 알고 있는 사람과 우연히 마주칠지도 모른다는 생각만으로도 무서워서 다리가 움츠러들고 신발을 신을 수도 없다.

집에 틀어박힌 생활이 얼마 되지 않았을 때, 목이 말라 사이다를 사러 가려다 현관에서부터 순간 정신을 잃은 적도 있었다.

바깥에 나가는 것을 생각하는 것만으로 몸이 거부 반응을 일으키고 만다.

마치 저주에 걸린 야수가 성에 갇히고 만 것처럼, 하나코는 집에서 나가지 못하고 있었다.

전부 이 '하나코'라는 이름이 모든 악의 근원일지도 모른다.

하나코라는 이름은 하나코의 아버지가 지어 주었다.

하지만 하나코는 아버지를 기억하지 못한다. 얼굴조차 모른다. 같이 산 적이 없으니까. 그 이유는 하나코의 어머니와 아버지는 결혼하지 않았기 때문이다. 아니, 할 수 없었다고 했다.

두 사람은 한창 젊을 때 교토의 이마데가와에 있는 4년제 대학에 다니고 있었다. 어머니는 미야가와초에 있는 증조할머니댁에서 대학을 다니고 있었고, 아버지는 구라마구치의 싸구려 아파트에서 근근이 자취하고 있었다고 한다.

처음 만났을 당시 스무 살이었던 두 사람에게는 공통점이 잔뜩 있었다.

친구를 만드는 게 서투른 점. 도쿄 출신이라는 점. 그리고 책을 좋아한다는 점. 아버지는 소설가를 목표로 글을 쓰고 있었고, 어머니는 시내에 있는 서점에서 아르바이트하고 있었다.

그런 두 사람이 사랑에 빠지지 않는 게 이상했다. 교제 2년째인 대학교 4학년이 되자, 어머니는 자연히 아버지와 함께 살게 되었다. 싸구려 아파트에서 사랑을 키워나가는 동안, 이윽고 두 사람 사이에는 아이가 생겼다. 그것이—하나코였다.

21살. 아직 어렸지만, 어머니는 반드시 하나코를 낳겠다고 결심했다.

임신 6개월째가 된 겨울 방학, 결혼 허가를 청하고자 도쿄로 갔다.

어머니의 본가에서 아버지가 결혼 허락을 구하자, 어머니의 부모님은 낯빛을 붉히며 맹렬하게 반대했다. 학생 신분으로 결혼 같은 건 용납할 수 없다, 소설가 같은 불안정한 직업으로는 딸과 아이를 행복하게 해줄 수 없다는 것이 이유였다.

하지만 그것은 표면상의 이유였고, 좋은 집에서 곱게 자란 어머니와는 어울리지 않는 초라한 아버지가 마음에 들지 않았던 것이리라.

아버지는 '졸업하면 일하겠습니다. 소설을 쓰는 것은 그만두겠습니다. 그러니 결혼하게 해주십시오.'라며 간절히 부탁했다. 하지만 이번에는 어머니가 그걸 거부했다. 어머니는 아버지가 쓰는 소설 이야기를 사랑했다. 그래서 글을 계속 써 주길 바랐다.

'자신의 이야기를 포기하지 마.'

어머니는 말했다. 아버지는 그 무렵 신인상을 받고, 소설가로서의 한 걸음을 막 내딛던 참이었다. 아버지가 꿈을 포기하지 않길 바랐던 어머니였다.

그리고 하나코가 태어난 뒤, 두 사람은 대학을 졸업함과 동시에 헤어졌다.

어머니는 부모님이 있는 곳으로 돌아가지 않고 교토에 머무르며, 증조할머니댁에서 하나코를 키웠다.

이 집은 소위 말하는 전통 가옥이라 불리는 건물로 오래된 건물이었다. 하지만 깨끗하게 사용되고 있었고, 겨울에 조금 추운 것 말고는 그다지 큰 불편함은 없었다. 게다가 할머니의 자가(自家)로, 집세가 들지 않았기 때문에 혼자 아이를 키우면서도 비교적 여유를 가지고 생활할 수 있다는 점이 무엇보다도 좋았다.

'할미도 젊었을 때는 여러 일이 있었데이.'

증조할머니는 입버릇처럼 그렇게 말했다. 기생으로서 오랜 세월을 살아온 증조할머니는 다정했으며, 모든 것을 깨닫고 계셨다. 하지만 하나코가 세 살일 때, 감기가 악화되어 돌아가셨다.

그 이후로 하나코는 어머니와 둘이서 살고 있다.

아버지가 어떻게 살고 있는지 하나코는 모른다. 그 이름조차도. 어릴 적에는 신경이 쓰여 견딜 수가 없었지만, 어린 마음에도 물어봐서는 안 될 느낌이 들어 아무것도 묻지 못한 채 시간이 흘러갔다.

그런 이유로 하나코는 표준어를 쓰는 어머니의 말투를 듣고 자랐고, 교토 사투리는 쓰지 않게 되었다. 게다가 어머니의 또렷하고 부드러운 말투가 좋았기 때문에 더욱 그랬다.

2층에 있는 다다미 여덟 장 넓이의 방이 하나코의 방이다.

방에는 오래된 책상, 소설이나 만화책이 천 권 정도 가득 꽂힌 책장과 붙박이 옷장, 증조할머니로부터 물려받은 오래된 침대만이 놓여 있다.

그리고 이런 은둔형 외톨이 생활이 용납되고 있는 건 다름이 아니라 어머니가 언제나 이렇게 말해 주고 있기 때문이다.

'엄마는 말이야, 하나코가 바깥에 나가고 싶다고 생각할 때까지 안 나가도 괜찮다고 봐. 왜냐면 엄마도 하나코를 낳고 싶어서 낳았는걸. 그러니까 하나코가 집에 있고 싶다고 생각하면 집에 있으면 돼. 게다가 엄마는 외로움을 많이 타니까 하나코가 집에 있어 줘서 기뻐.'

하나코가 은둔형 외톨이가 되고 한 달이 지났을 때, 어머니는 그렇게 말하고는 싱긋 웃었다.

어머니는 언제나 상냥하다. 하지만 하나코는 가슴이 아팠다. 평범해질 수 없다는 것이 슬펐다. 그렇지만 하나코는 평범해지는 방법 같은 것을 더는 알 수가 없었다.

* * *

발단은 하나코가 열 살 때였다.

하나코는 어머니에게 시폰 소재로 주문 제작된 빨간 민소매 원피스를 받았다.

'좋은 옷을 입으면 그것만으로도 주인공이 될 수 있어.'

어머니는 그렇게 말하고 하나코의 생일이 되자 새 옷을 선물해 주었다. 하나코는 매년 어머니가 골라 주는 예쁜 옷을 기대하고 있었다.

어머니의 말대로, 좋은 옷을 입는 순간엔 마치 주인공이 된 것 같아 가슴이 두근거렸다. 하나코는 그날 너무 기쁜 나머지 빨간 원피스 차림인 채로 잠들고, 다음 날에도 그대로 학교에 입고 갔다.

그것이 사건의 시작이었다.

타고난 하얀 피부와 좋아하는 만화의 주인공을 따라 허리까지 기른 검은 머리카락, 빨간 민소매 원피스, 그리고 '하나코'라는 이름이 학교의 7대 불가사의로 알려져 있던 '화장실의 하나코 양'의 외모와 완벽하게 일치하자, 반 아이들은 웅성거리기 시작했다.

열 살 소년 · 소녀들이 하나코=하나코 양이라고 인식하는 데 시간은 오래 걸리지 않았다.

한동안은 하나코가 말을 꺼내는 것만으로도, 존재하는 것만으로도 비명을 지르는 놀이가 유행했다.

하나코는 무슨 일이 일어난 것인지 알 수 없었다. 단지 자신이 화장실의 하나코 양이 되고 말았다는 것만은 이해했다.

반 아이들은 질리는 것도 빨라서 한 달 정도 지나자, 하나코 놀이를 멈추었다.

하지만 하나코 안에서는 끝나지 않았다.

사건이 잊힐 무렵, '하나코, 집에 같이 가자.'라며 반 아이가 다시 말을 걸어도 대답할 수 없었다. 지금까지 사이가 좋았던 반 아이일수록 태도가 빠르게 변하는 것을 믿을 수 없었다.

그러고 나서부터였다. 하나코가 먼저 말을 꺼내는 경우는 극단적으로 줄어들었다.

언제 또 아이들이 자신을 보며 격한 비명을 지를지 모른다 생각하니 무서워서 소리를 낼 수 없었다. 이런 두려움에 시달릴 바에야, 아무에게도 인식되지 않는 편이 더 낫다고 느꼈다.

그리고 하나코는 앞머리를 길러 눈을 가리고 세계를 차단했다.

빨간 원피스는 옷장에 넣고 두 번 다시 입지 않았다.

하나코는 다시는 이야기의 주인공이 되고 싶지 않았다.

어머니도 그걸 눈치챈 것인지 하나코가 초등학교를 졸업할 무렵부터 옷을 사주는 일이 없어졌다.

하나코는 수수한 색의 옷만을 골라서 입었다. 하나코는 그림자가 되고 싶었다. 그렇게 하면 누군가에게 밟힐지라도 조금도 아프지 않을 것이다.

그 뒤로 중학생이 되고 고등학생이 되었다.

그 무렵의 하나코는 완전한 그림자 상태가 되었다.

기분이 꺼림칙했던 것인지 선생님들조차도 수업 중에 하나코를 지목하려고 하지 않았다.

그 모습에 되려 하나코는 안도했다. 사립 고등학교라서, 선생님들은 하나코가 등교하지 않는 것을 가장 두려워하고 있었을 것이다. 교실에 존재하고, 시험에서 평균 점수 이상을 받으면 아무 말을 하지 않고 음침하게 있더라도 지적받지 않았다.

그 결과, 나이를 먹을수록 하나코는 점점 말을 잘 할 수 없게 되어 갔다. 누구와도 말하지 않으며 지냈으니, 당연한 결과였다.

귀에 들어오는 모든 말은 자신을 흉보는 소리로 들렸다.

지나친 생각인 경우가 태반이었지만, 아무 말도 하지 않는 유령 같은 하나코를 흉보는 반 아이들도 적지 않았다.

하나코는 귀를 막는 대신 책을 읽었다. 책을 읽고 있으면 그 세계에 몰두할 수 있었다.

하지만 아무리 좋은 책을 읽고 있어도, 수시로 심장이 멈출 것만 같이 괴로웠다.

17살이라는 나이에 하나코는 이미 사는 것이 싫어졌다.

빨리 수명이 다해서 죽어버리고 싶다.

줄곧 그렇게, 기도하고 있었다.

하지만 21살의 하나코는 지금 진심으로 그렇게 생각하지는 않게 되었다.

4.7inch 속 세계에서 사랑에 빠졌기 때문이다.

이따금 내리는 빗소리만이 울리는 방 안에서, 하나코는 렌이라는 남자애한테서 오는 메시지만을 기다리고 있다.

렌이 보낸 메시지를 수신할 때마다, 멈춰 있던 것만 같은 하나코의 심장은 다시 뛰기 시작한다.

렌과 통신하고 있을 때만큼은 자신이 하나코라는 사실을 잊을 수 있기 때문이다.

—1년 전, 3월 31일.

「flower story」라는 스마트폰 앱 안에서 하나코≒카코는 렌과 만났다.

카코는 하나코가 앱 안에서 쓰고 있는 닉네임이다.

인터넷상에서는 가공의 이름을 써도 아무도 뭐라고 하지 않는다. 오히려 본명을 쓰는 사람이 더 소수이고, 렌이라는 이름도 본명인지는 알 수 없다.

flower story— 줄여서 플라스토는 주로 꽃을 키워 자신의 가게에 진열하고, 이를 팔아 게임 내의 머니머니라는 통화를 얻어 가게 인테리어나 아바타에게 착용시킬 물품을 사는 것이 전부인 단순한 게임이지만, 1년 전에 폭발적으로 유행했다.

출시 당시 '당신만의 이야기가 이곳에!'라는 캐치프레이즈와 함께 TV 광고가 매일같이 흘러나왔고, 하나코는 반쯤 세뇌되어 무심코 앱을 설치했다. flower story라는 제목도 신경 쓰였다.

하나코는 늘 책만 읽었기에 게임은 해본 적도 없었고, 잘하지도 못했다.

처음에는 심심풀이 삼아, 잠깐 시작하게 되었다.

그런데 깨닫고 보니 어느덧 푹 빠져들어 게임을 하는 데 하루를 전부 쓰곤 했다.

게임을 잘하진 못했지만, 꽃을 키워 수확하는 것만으로 충분했고 이상적인 자기상(自己像) 아바타에 획득한 옷을 자유롭게 입히는 게 즐거웠다. 가상 공간에서는 어떤 옷을 입든 놀림 받지 않았다.

게다가 게임 속의 하나코는 하나코가 아니다.

카코였다.

단 하나 성가신 점이라면, 이 게임 앱은 친구가 없으면 레어 아이템을 모으는 데 상당히 불리한 구조라는 점이다.

하나코는 꼭 갖고 싶은 아이템이 있었지만, 그건 친구한테 희귀한 꽃 종자를 받아, 손수 키워야만 얻을 수 있었다.

익명성이 보장된다 해도, 하나코는 일면식도 없는 사람에게 친구 신청을 보내는 것이 무서웠다. 거부당할지 모른다고 생각하니, 자판을 누르려던 손이 떨리기 시작했다.

렌 〉 만나서 반갑습니다. 친구가 되어 주세요.

메시지가 온 것은 그때였다.

그건 하나코에게 있어서, 내리기 시작한 비의 맨 첫 방울이 이마에 떨어지는 확률처럼 기적적으로 느껴졌을 것이다. 하지만 렌은 친구 모으기가 중요한 이 게임에서 불특정 다수에게 그저 가볍게 메시지를 보내고 있었던 것뿐이다.

어째서냐면 그 메시지는 단순한 정형문이었기 때문이다.

하지만 하나코의 심장은 꽉 붙잡혔다.

평소 게임을 하지 않는 하나코는 그것이 정형문이라는 것을 몰랐다.

하나코는 곧바로 승인 버튼을 누르고는 메시지에 답장을 보냈다.

카코 〉 네. 누군가 친구가 되어주길 바라고 있었어요. 이렇게 친구 신청을 보내주셔서 감사합니다.

송신 후, 하나코의 가슴은 비정상적일 정도로까지 울렁거리고 있었다.

2분 후, 알림음이 울렸다.

단박에 렌의 답장이란 것을 알 수 있었던 건, 이런 한밤중에 하나코의 스마트폰이 울릴 일은 없기 때문이다.

렌 〉 친구가 되어 줘서 고마워요. 카코 씨, 잘 부탁해요.

메시지 화면을 연 순간, 하나코의 심장은 총에 맞은 것처럼 두근거리며 날뛰었다.

그도 그럴 것이, 처음이었다.

누군가에게서 이런 식으로 답장을 받아본 것은.

남들과의 관계를 피해 온 하나코는 어머니 말고 다른 사람에게서 메시지를 받아 본 적이 없었다.

부서질 것만 같이 온몸이 두근거렸다.

하나코는 마음을 진정시키고자 천장에 플라네타리움이 만들어내는 별이 가득한 하늘을 바라보았다.

작은 가정용 프로젝터로, 생일에 어머니가 선물해 준 물건이다. 분명 바깥에 나갈 수 없는 하나코를 생각해서 골라 준 것임이 틀림없다. 천천히 회전하는 인공 밤하늘을 바라보면서, 하나코는 침대에 누워 깊게 호흡했다.

지금 이곳이 정말로 밤하늘 아래라면— 하나코는 우주

를 향해 외치고 싶었다.

환상 속에서, 고층빌딩 옥상에서, 거리에 켜진 빛의 점들을 바라본다.

점들 전부에 사람이 살고 있고, 저마다 다른 감정으로 숨을 내쉬며 생활하고 있다.

이 점들 속에서 하나코와 마찬가지로 방에 틀어박혀 있는 인간은 몇이나 있을까.

그중에서 밖으로 나갈 수 있게 된 사람은— 이 세계의 무엇을 보러 간 것일까.

깊은 상처를 끌어안으면서도, 무엇을 보고 싶다고 생각한 것일까.

하나코의 마음에 떠오른 것은 벚꽃이었다.

하나코는 인공 밤하늘 아래에서 답장을 보냈다.

카코 〉 아뇨, 저야말로 감사합니다. 렌 씨의 꽃집, 무척 멋지네요. 본 적도 없는 레어 꽃이 가득해서.

렌 〉 그런가요? 매일 한가해서 스마트폰만 만지고 있는 못난 별 사람이에요. 카코 씨의 아바타는 세련됐네요.

카코 〉 아뇨, 저도 못난 별 사람이에요. 아바타에 입힐 귀여운 옷을 갖고 싶어서 오늘은 계속 튤립을 키우는 데 열중하고 있었어요.

렌 〉 그러면 서로 못난 별 사람인걸로, 앞으로 잘 부탁해요. ^^

그날 밤, 지금껏 불특정 다수에게 보내졌던 알람을 표시할 뿐이었던 고독한 기계는 하나코에게만 보내진 알람을 수신하여 띠리링, 하고 계속해서 울렸다.

알림음이 울릴 때마다 하나코는 억누를 수 없을 정도로 살아있는 감각에 휩싸였다. 컴퓨터가 아니라 어딘가에서 숨을 쉬고 있는 누군가가 자기한테만 말을 걸고 있다니, 어쩐지 꿈을 꾸고 있는 것 같았다.

렌 〉 질문해도 될까요? 카코 씨는 몇 살인가요?

카코 〉 저는 스무 살이에요.

카코 〉 렌 씨는요?

렌 〉 저는 24살이에요. 스무 살이라면, 대학생인가요?

하지만 새벽 무렵, 그 질문이 하나코를 현실로 되돌렸다.

싫어도 뇌리에 되살아났다. 2년 전 졸업식 날의 일—.

하나코는 대학생이 될 예정이었다. 자는 시간을 줄여가며 열심히 공부해서 합격한 대학이었다. 하지만 가지 못했다.

사실대로 말해도 괜찮은 건지 하나코는 주저했다.

거짓말을 해도 들키지 않을 것이다.

방에 틀어박혀 있다는 부정적인 현실을 말하면, 연락이 끊길지도 모른다. 게다가 거짓말을 하는 편이 자기가 아닌 여자애— **카코**가 될 수 있을지도 모른다.

카코 〉 저는 조금 안 좋은 일이 있어서, 고등학교를 졸업한 날부터 집에만 틀어박혀 있어요. 너무 못난 별 사람이라 질색하셨죠?

그런데도 하나코는 거짓말을 할 수 없었다.

렌이 **만난 적 없는 상대**였으니까.

하지만 하나코는 곧바로 그 선택을 후회했다.

이때까지 10분 간격으로 이어졌던 메시지 답장이 딱 끊긴 듯이 오지 않게 되었기 때문이다.

생각해 보면 당연했다. 은둔형 외톨이라는 정보에서는 결코 귀여운 여자애의 모습을 연상할 수 없다. 상대에게 떠오르는 것은 틀림없이 어둡고 음울한 이미지일 것이다.

렌에게서 답장이 오지 않자, 하나코는 다시 깊은 밤 속에 홀로 남겨졌다.

아니, 그렇다기보다 줄곧—, 깊은 밤 속이다.

플라네타리움이 발하는 빛 아래서 하나코는 홀린 듯이 스마트폰을 조작하기 시작했다.

Twitter를 열어 불특정 다수를 향한 트윗을 계속해서 쭉 내린다. 계정은 가지고 있지만, 글을 작성해본 적은 없다. 언제나 다른 사람이 내뱉는 글을 무표정하게 바라보고 있었다. 유행을 알아도, 방에만 틀어박혀 있는 하나코한테는 아무런 상관이 없었다.

만난 적 없는 연예인이 죽어도, 인기 아이돌 그룹 중 누군가가 은퇴해도 슬픈 마음은 들지 않는다. 그건 하나코에게 단순한 정보였다.

그런데도 매일 현실 세계가 신경 쓰이는 건 어째서일까.

그 마음도 알지 못한 채, 하나코는 계속해서 최신 정보를 입수했다.

그러는 사이에 하나코는 잠들고 말았다.

얕은 잠이었다. 그래서일까? 꿈을 꾸고 있었다.

하나코는 계단을 오르고 있었다. 영원히 이어지는 듯, 긴 계단이었다. 계속해서 오르자, 차츰 정상이 보이기 시작했다.

괜찮아, 분명 만날 수 있어…….

—누구를 만날 수 있는 건지도 모르는데, 꿈속의 하나코는 그렇게 생각했다.

몇 시간인가 지나, 하나코는 벨 소리에 눈을 떴다.

방은 어슴푸레하게 밝다. 동틀 녘이었다.

꽉 쥐고 잠들었던 스마트폰에는 알림 세 건이 표시되고 있었다.

렌 〉 질색하거나 하지 않아요.

렌 〉 저도 대학 졸업 후에 취직이 잘 안 되어서 24살이나 먹고 아르바이트 중이라, 이런 못난 별 사람인 제가 싫어지네요. 무슨 일이 있었는지는 모르겠지만, 카코 씨는 이제부터라고 생각해요.

렌 〉 그보다, 나이도 비슷한데 존댓말은 그만하지 않을래요? ^^

답장을 읽자, 마른 꽃이 한순간에 다시 피어나는 것처럼 하나코는 되살아나는 느낌을 받았다.

심호흡 후 스마트폰을 품에 안으며 천장을 올려다본다. 플라네타리움이 비추어 내는 하늘은 어느샌가 겨울에서 봄으로 바뀌어 있었다.

* * *

그로부터 1년이 지나 오늘에 이른다.

두 사람의 메시지 교환은 매일 계속되고 있다.

렌이라는 이름이 알림 화면에 표시될 때마다, 문자를 나눌 때마다, 하나코는 렌을 좋아하게 되었다.

시간이 멈춘 방 안에서, 렌이 보내주는 답장만이 현실 세계이자 하나코의 생명선이었다.

렌 〉 좋은 하루야, 카코. 난 오늘도 아르바이트하러 가. 벚꽃이 활짝 피었네.

렌은 편의점에서 야간 근무를 하고 있어서 하루에 두 번, 밤이 시작되는 시간대와 아르바이트가 끝나는 동틀 녘에 메시지를 보낸다.

렌은 밤이라도 좋은 하루라고 인사한다. 하나코는 그것이 어쩐지 좋았다.

당연하지만 렌은 하나코를 '카코'라고 부른다.

렌에게 카코라고 불릴 때마다 하나코는 하나코가 아닌, 카코가 되었다. 카코라는 이름으로 다시 태어난 기분이 들었다.

카코 〉 잘 다녀와. 매일 대단하네.

카코 〉 그러고 보니 어제 창문 너머로 본 벚꽃이 활짝 피어 있었어. 벌써 봄이구나.

문자를 보낸 뒤, 멍하니 돌이켜봤다.

어젯밤, 하나코는 순정만화가 원작인 영화를 보고 있었

는데, 어느샌가 잠들어 있었다.

영화의 영향인지, 하나코는 꽃잎이 흩날리는 마을에서 만난 적도 없는 남자애와 데이트를 하는 꿈을 꿨다.

그런 건 이루어질 리 없는 덧없는 꿈인데.

그리고 오늘 아침, 하나코는 어쩐지 허무한 기분으로 눈을 떴다. 벌써 한참은 자르지 않은 덥수룩한 머리카락이 시야에 들러붙어 세계는 어둡다.

침대에서 일어나, 식물이 광합성을 필요로 하는 것처럼 몸에 빛을 쬐고자 커튼을 걷었다.

그 순간 깜짝 놀라, 아직 꿈을 꾸고 있는 건가 싶었다.

왜냐면 요전에 봤을 때 세상은 겨울의 색깔을 하고 있었다. 하지만 하나코의 눈에는 눈부신 봄이 펼쳐져 있었다. 아름다운 봄이.

어느새 핀 것일까. 만개한 벚꽃이 반짝이고 있었다.

그중에서 가장 빨리 짧은 생애를 끝낸 분홍색 꽃잎이, 흐릿한 하나코의 시야에서 하늘하늘 떨어져 갔다.

하나코는 꽃잎을 바라보며 무의식적으로 상상해보았다.

벚꽃의 비가 쏟아지는 길에서, 렌과 걷는 자신을.

하지만 하나코는 모른다.

렌의 얼굴도, 어떤 목소리로 이야기하는지도, 어떤 식

으로 웃는지도.

알고 있는 건 24살이라는 것, 도쿄에 살고 있다는 것, 대학을 졸업하고 나서 취직이 잘 안 되어 편의점에서 아르바이트하고 있다는 것.

게임을 좋아하고 만화는 가끔 읽지만, 소설은 거의 읽지 않는다는 것. 좋아하는 영화는 썸머 워즈.

고작 그것뿐.

게다가 하나코가 렌과 만난 장소는 현실이면서도 현실이 아니다.

그곳은 단 1초 만에 사라지고 마는 가상 공간^앱^이다.

하지만 하나코에게는 이미 그곳이 현실 세계였다.

렌을 사랑하게 되고 나서부터, 하나코는 그곳에서 숨을 쉬고 있었다.

* * *

밤이 깊어간다.

하나코는 렌의 프로필을 보고 있었다. 닉네임 밑줄에는 Birthday 4월 1일이라 기재되어 있었고, 스마트폰 윗부분에는 3월 31일 23시 30분 표시가 떠 있다.

이제 곧 렌의 생일이다.

가능하다면 선물을 건네주고 싶었지만 물건을 사러 나가는 건 불가능하고, 무엇보다 렌의 본명도 주소도 모른다. 그런 걸 물어보는 건 매너 위반이기도 하다.

그러니 하다못해 딱 0시가 되는 시간에 메시지를 보내고 싶다.

어젯밤부터 하나코는 어떤 내용을 보내야 할지 진지하게 생각하고 있었다. 좋아하는 사람의 생일에 메시지를 보내는 것을— 줄곧 동경하고 있었다.

영상으로밖에 보지 못한 도쿄. 엄마와 아빠가 살았던 도쿄.

수많은 사람이 오가는 그 거리 어딘가에서, 상상 속의 렌이 생활하고 있는 모습을 그리며, 하나코는 문장을 써 나갔다.

카코 〉 렌, 생일 축하해.

카코 〉 태어나 줘서 고마워.

카코 〉 나와 만나 줘서 고마워.

0시가 되는 것을 가늠하여 송신한다. 그 순간, 언어는 단순한 신호가 되어 교토에서 도쿄에 이르는 약 500km의 거리를 1초도 채 걸리지 않아 달려가고, 다시 언어로 바뀌어 수신된다.

이 작은 전자기기만 한 대 있으면, 단순한 은둔형 외톨이에 지나지 않는 하나코의 말이 어디까지든 전해질 수 있다. 예를 들어 Twitter에 멋진 말을 트윗하면, 몇십만 명한테 읽힐 수도 있다.

그런 건 바라지 않지만, 적어도 지금의 하나코에게는 인터넷 세계만이 숨을 쉴 수 있는 장소다.

나는 이런 세계를— 때때로 신기하게 느낀다.

왜냐면 하나코는 방에서 한 걸음도 나가지 않았는데, 사랑에 빠진 것이다.

벌써 몇 년이나 목소리를 내지 않은 탓에 하나코는 말을 하는 것이 어려워졌다.

하지만 글자라면 소설의 대사를 쓰는 것처럼 자신의 마음을 꺼낼 수가 있다.

나와 만나 줘서 고마워, 라고 썼지만 렌이 보기에는 다를지도 모른다. 여하간 하나코와 렌은 현실 세계에서 만난 적이 없다.

하지만 하나코에게는 렌이 존재하는 화면 속이 현실이었고, 그렇기에 만났다는 표현은 잘못되지 않았다.

메시지를 금방 읽었다는 표시가 떴다. 렌은 아르바이트

중이라 자주 스마트폰을 볼 수 없을 터이지만, 타이밍이 좋았던 것일지도 모른다.

읽음 표시를 확인하자, 하나코의 심박수는 크게 고동쳤다.

한밤중에 알람이 울리면, 렌에게서 온 메시지일 확률이 100%였다.

막 태어난 것처럼 하나코의 심장 박동이 크게 울린다. 렌에게 연락이 오는 것만으로 언제가 됐든 하나코의 마음은 기쁨으로 가득 피어난다.

렌 〉 나도 고마워.

렌 〉 그리고…… 갑작스럽지만, 만나고 싶어.

렌 〉 괜찮다면 카코가 시간 되는 날에, 교토로 가도 될까?

하지만 돌아온 메시지를 보고 하나코는 순간적으로 숨을 쉴 수 없게 됐다.

얼굴이 딱딱하게 굳고 손가락이 떨린다.

꽉 쥐고 있는 4.7inch 화면에서 지금까지 렌과 쌓아 왔던 대화가 부슬부슬 넘쳐 떨어진다. 불은 켜져 있는데, 눈앞이 새까매져 간다.

귓속에서 불쾌한 술렁임이 감돈다. 누군가가 수군수군

하는 목소리와 누군가를 향한 험담, 그리고 비명이 서로 섞인다. 마치 어제 있었던 일처럼, 그날의 기억이 되살아난다.

싫어. 무서워.

상처받고 싶지 않아.

이제 누구도 좋아하지 않겠다고, 그렇게 생각했는데.

왜냐면 사랑은 멋진 것이 아니다.

사랑 같은 건 그저 마음이 아플 뿐.

나는 이미 그걸—, 알고 있는데도.

계속 앱을 켜놓고 있던 탓에 뜨거워진 스마트폰을 꽉 쥐면서, 하나코는 의식을 잃었다.

※ 제2화

깊은 밤

야간 근무할 편의점으로 가는 내리막길 도중에서 문득 멈춰 선다.

불빛에 비추어진 만개한 벚나무에서 꽃잎이 하늘하늘 떨어지는 것이 눈에 띄었기 때문이다.

마법에 걸린 것처럼 빛을 받으며 눈앞에 내려오는 꽃잎을 반사적으로 손바닥에 살며시 건졌다.

마치 나를 놀리는 것처럼 훌륭한 하트 모양을 한 모습을 보고, 한숨을 내쉬었다.

딱히 안 좋은 일이 있었던 것은 아니다. 단지, 모두가 충실하게 살지 않으면 안 되는 이 비정상적인 세계에서, 언제부터인가 한숨 말고 다른 숨은 잘 내쉴 수 없게 되었다.

매일 그저 살아가기 위해 무언가를 먹고, 끝이 없는 게임을 플레이하고, 밤이 되면 아르바이트를 하러 간다. 더 할 나위 없이 비생산적인 일상 속에서 우울함 말고 다른 감정을 느끼는 일도 없이, 그저 깊은 밤 속에서 숨을 쉬고 있다.

개운해질 것 같지 않은 우울함을 품으며, 아르바이트하는 편의점에 들어간다. 편의점 안의 경쾌한 음악은 불협화음에 지나지 않는다.

심야의 편의점은 부정적인 냄새가 넘친다. 음침한 것이다. 찾아오는 손님도, 흐르는 공기도, 모든 것이. 하지만 나도 그 음침함의 일부였다는 걸 깨닫는다.

밤 10시— 스태프 방에 들어가 유니폼으로 갈아입고, 꾀죄죄한 업무 연락 수첩을 확인한 뒤 계산대에 섰다.

"좋은 하루입니다."

이미 밤인데도 좋은 밤이라고는 말하지 않는다. 인사는 몇 시일지라도 좋은 하루입니다, 로 정해져 있다. 처음 아르바이트를 시작했을 때, 인사법이 어쩐지 바보 같다고 느꼈지만 2년이 지나자, 어느샌가 그게 평범해졌다.

"아마시타 씨, 좋은 하루네요~."

애니메이션에 나올 법한 목소리가 귀를 찔렀다.

학교 교칙이 어떻게 되어 있는 건지 걱정될 정도로 밝은 머리 색을 한 여고생 아오모리 양과 교대로 근무에 들어간다.

요즘 시대에 맞는 귀여운 얼굴이지만, 그녀가 선택한 메이크업이나 패션은 상당히 개성 있다. 쌍꺼풀이 진 커다란 눈에는 긴 인조 속눈썹이 날갯짓하고 있고, 소위 말하는 평범한 여자애가 즐겨 입는 그런 복장을 한 모습은 한 번도 본 적이 없다.

상의는 정해진 교복을 걸쳐야만 하지만, 그 밖은 자유이기 때문에 오늘도 그녀는 반짝이가 잔뜩 들어간 비대칭적인 미니스커트 밑에 파스텔 핑크 타이츠, 딸기 무늬 통굽 스니커즈를 신고 있다. 그것이 하라주쿠 패션이라 불리는 것을 최근에 알게 되었다.

1년 전, 아오모리 양이 처음 편의점에 들어왔을 때, 한창 바쁠 고등학생이 프리터인 나와 비슷한 일정으로 근무를 하는 이유를 물어봤었다.

"전 패션을 위해 살고 있거든요. 좋아하는 옷을 입고 있을 때는 별것 아닌 길을 걷는 것도 즐겁잖아요. 내가 이 세계의 주인공이란 걸 느낄 수 있어요. 그래서 가격 신경 쓰지 않고 귀여운 옷을 사고 싶고, 입고 싶어요."

컬러 콘택트렌즈를 끼고 있는 것이리라. 인간의 영역을 벗어난 커다란 검은자위를 반짝이며, 아오모리 양은 생기 넘치는 목소리로 말했다.

그녀가 걸치고 있는 기발한 옷들이 귀여운지 어떤지는 나로서 알 수 없지만, 확실히 좋은 의미에서건 안 좋은 의미에서건 인형 같은 외모를 한 그녀에게는 잘 어울리고, 때때로 아오모리 양을 보고 싶어서 찾아오는 것으로 짐작되는 손님도 눈에 띈다.

귀엽고 밝으며 자신감이 넘쳐 흘러서, 학교에서 분명히 인기가 많을 것이다.

"그보다 아마시타 씨는 고3 때 장래에 뭐가 되고 싶으셨나요?"

계산대에 들어가자마자 뜬금없이 아오모리 양이 질문을 던졌다.

"어…… 갑자기 왜?"

순진한 질문에 분명 악의는 없다. 되묻고는 미소를 지었다.

"오늘 학교에서 진로 조사표를 받았는데요, 다들 엄청 고민하고 있으니까 조금 신기하게 느껴져서요."

"아아…… 뭐, 갑작스럽게 정할 수 없긴 하지."

그렇게 말하면서, 나는 지금도 무엇이 되고 싶은지 말할 수 없다는 걸 깨닫고, 자기 자신이 끝도 없이 싫어지기 시작했다.

"아오모리 양은 뭐라고 썼어?"

"저는 복식 전문학교에 진학할 생각이라, 그렇게 썼어요. 제 패션 브랜드를 갖는 게 어릴 적부터 꿈이에요."

한 치의 주저 없이, 나를 똑바로 바라보며 그렇게 말하는 아오모리 양은 너무나도 눈부시다.

"그렇구나. 정말로 옷을 좋아하나 보네."

"좋아한다를 뛰어넘어서, 운명이라는 느낌이에요. 그럼 저는 이만 퇴근할게요. 수고하셨습니다!"

아오모리 양은 들뜬 어조로 말하고는, 유니폼을 벗으며 스태프 방으로 들어갔다.

그녀와 대화한 뒤에는 언제나 조금 지치고 만다. 어린 친구의 반짝임을 접하고 나면, 자신이 너무나도 헛되게 나이를 먹어 왔다는 것을 통감하게 되기 때문이다.

인생을 걸 정도로 좋아하는 것도 없고, 꿈도 없는 24살 프리터인 자신은 대체 무엇을 위해서 사는 것일까.

살아있어 봤자 무의미하다. 이 텅 빈 몸에서 만들어지는 것은 우울한 한숨과 공허한 배설물 정도다. 아무런 도움도 되지 않는다.

계산대에 서서, 유리 너머로 보이는 보랏빛 조명 속, 죽어 가는 벌레를 멍하니 바라봤다.

얼마 전까지만 해도 아오모리 양과 마찬가지로 17살이었던 것 같다. 그런데 그 시절이 벌써 7년 전이라니. 그 길었던 시간은 언제 흘러가 버린 걸까.

교복을 입던 당시에는 1교시부터 방과 후까지의 시간이 영원처럼 느껴졌었다.

빨리 시간이 지나가기만을 바랐다. 방과 후에 집에 돌아가 에어컨이 켜진 방에서 감자 칩이라도 먹으며, 끝내지 못한 게임을 마저 하고 싶다고 생각했다.

교실 창문 밖으로 흘러가는 경치는 슬로 모션이 걸린 것처럼 느릿했고, 지루한 수업은 언제까지고 끝나지 않았다. 눈에 비치는 구름은 아무런 제약도 없는 자유 속을 헤엄치고 있었다. 그랬던 시간은 사라지고, 지금은 누군가에 의해 빨리 감기 당하고 있는 것처럼 빠르게 시간이 지나간다. 너무 빨라서, 때때로 무서워진다.

학생 때는 막연하게 무언가가 될 수 있으리라 생각했다.

그야말로 게임처럼, 시간이 지나면 업데이트될 거라고 생각했던 것 같다. 하지만 인생은 너무나도 하드 모드였다. 그리고 스위치 하나로 리셋할 수도 없었다.

요새는 그저 하루가 시작되고 끝나는 것이 단순 작업처럼 되풀이된다.

계산대에서 손님을 상대하는 사이에 파스텔 색상의 옷으로 몸을 감싼 아오모리 양이 지나갔고, 가게 안에는 그와 교대로 또 한 명의 심야 아르바이트 직원이 출근했다. 야근 아르바이트는 남자로 정해져 있다.

"이우라 씨, 좋은 하루입니다."

웃는 얼굴로 말을 걸었다. 누군가와 이야기할 때 미소를 띠지 않으면 불안해지는 건 이미 버릇이 됐다.

"좋은 하루입니다."

이우라 씨는 말수가 적고 어쩐지 음침하다. 이미 모든 걸 포기한 것인지, 이목구비는 나쁘지 않지만, 머리카락은 무법지대처럼 부스스하고, 바싹 야위어 있어 건강해 보이지 않는 데다 악취는 나지 않지만, 청결감도 그다지 없다.

2년이나 같이 야간에 일하고 있지만, 나는 이우라 씨를 거의 모른다. 알고 있는 건 34살이라는 것과 이 가게에서 10년 전부터 일하고 있다는 것 정도다.

계속 이곳에서 일하면, 나도 언젠가 저렇게 되고 마는 걸까. 그게 아니면, 벌써 저렇게 되어 가고 있는 것일까

—. 가게 안의 형광등에 비추어질 때마다 자신이 썩어 가는 것을 절실하게 느끼고 등 뒤가 오싹해진다.

편의점 야간 아르바이트는 대학을 졸업한 뒤에 시급이 높아 시작했다. 친구 중에서 어디에도 취직하지 못한 사람은 나뿐이었다.

소위 말하는 기원 메일*이라 불리는 것을 몇 통이나 읽었는지 모른다.

화면으로 기원을 받을 때마다 뼈저리게 실감했다. 자신이 겉치레뿐인 텅 비고 투명한 인간이라는 것을.

하지만 사실은 아무것도 되고 싶지 않았던 것일지 모른다. 나는 언제나 빨리 사라져 버리고 싶었다.

"어서 오세요."

허무함 속에서 담담히 손을 움직인다. 될 수 있으면 손님과는 시선을 맞추지 않는다. 맞출 필요도 없다. 계산대에 올라온 상품의 바코드를 찍고, 봉투에 담는다. 누구라도 할 수 있는 일이다.

계산대에 내민 편의점 도시락 하나와 캔맥주 한 캔의 바코드를 찍는다.

* 일본에서 회사에 불합격했을 때 으레 받는 취직 활동이 성공하기를 기원한다는 내용의 메일

"875엔입니다."

"네. ……어?! 렌이잖아! 이런 곳에서 뭐 하냐?"

고등학교 때의 **친구**. 얼굴은 기억하고 있지만, 이름이 기억나지 않는다. 게다가 정장을 입고 있어서인지 동급생인데도 훨씬 나이가 든 인상이다.

"아, 그게…… 아르바이트."

"취직은?"

현실은 언제나 양해도 얻지 않고 아픈 곳을 찔러 온다.

"아—, 처음에 일하던 곳 저번 달에 그만둬서. 잠깐 아르바이트하고 있어."

나는 순간적으로 거짓말을 했다. 시시한 거짓말이다.

"그렇구나. 요즘 블랙 기업도 많고 말이지. 그럼, 담에 만나면 술이나 마시자!"

이건 단순히 그다지 흥미가 없는 친구를 만났을 때의 정형문.

"오, 그래. 고마워."

알면서도, 나는 최대한 미소를 지어 손을 흔든다. 조금 전부터 심장이 쿵쿵 울리고 있다. 아무것도 아닌 한마디 한마디에 속절없이 마음이 도려내 진다.

아아, 여기는 아마도— 깊은 밤의 바닥이다.

인공적으로 만들어진 빛 아래, 우주에 내던져진 것처럼 숨을 쉴 수 없다.

밤이 깊어지면 손님은 점점 뜸해진다.

"휴식하러 가겠습니다—."

나는 폐기 바코드를 찍은 피자 찐빵을 챙겨, 커피 우유를 사서 스태프 방으로 들어간다.

이 아르바이트에서 유일하게 괜찮은 점이 있다고 한다면 폐기 처리되는 음식을 가져갈 수 있다는 것이다.

차가운 커피 우유를 마시며 주머니에서 스마트폰을 꺼낸다. 봐 봤자 후회할 것을 알면서도 괜히 보고 싶은 마음인 건지 아니면 버릇이 되어 버린 건지는 모르겠지만, 습관처럼 Instagram을 켜자, 타임라인에는 합을 맞춘 것처럼 벚꽃 사진이 올라와 있다.

치즈가 잔뜩 들어간 피자 찐빵을 입에 가득 넣고 무표정으로 표시된 사진에 '좋아요'를 누른다. 딱히 그렇게 좋다고 생각하는 건 아니다. 단지, **친구**였으니까 누르는 것뿐이다.

#생일에도 알바

지금 편의점 풍경과 함께 그렇게 올리면 좋아요는 얼마

나 달릴까.

친구였다는 허울로 축하한다는 댓글이 몇 개는 달릴지도 모른다. 하지만 그런 축하는 허무할 뿐이다.

대학생 때 주변 사람을 따라 가입한 Instagram에는 2년 전 졸업식 이후로 아무 글도 올리지 않았다. 애초에 아르바이트와 게임밖에 하지 않는 일상 속에서, 뭘 올리면 좋을까. 죽고 싶다든가 사라지고 싶다든가, 그런 병든 글을 쓸 바에야 계정을 삭제하는 편이 낫다.

그렇게 생각하는데도, 매일같이 **친구**가 올린 글을 확인하고, 아무것도 지우지 못하는 것은 어째서일까.

* * *

갑작스럽지만, '렌'이라는 이름은 내가 태어났을 때 아기 작명 순위에서 가장 인기 있는 이름이었다고 한다.

아버지는 이름을 지어줄 기력이 없어서, 그저 제일 인기가 많다는 이유로 이 이름을 붙인 것이다.

아버지는 나를 혼자서 키웠다.

어머니가 나를 낳고 금방 죽었기 때문이다. 상상도 하고 싶지 않지만, 나를 낳았기 때문에 죽은 것이다.

인간이 인간을 낳는다는 건 말 그대로 목숨을 거는 일이다. 그런데도 나는 이 세상에서 사라지길 바라고 있었고, 그건 분명 깊은 죄가 아니라고 생각한다.

25살. 곧 내가 될 나이이자 어머니가 나를 낳은 나이이다.

줄곧 아버지와 둘이서 살아왔다. 아버지는 나와 그다지 눈을 마주치려 하지 않았다. 그대로 베껴 그린 것처럼 어머니와 닮은 이 얼굴을 보는 게 싫었을 것이다. 어머니의 사진을 바라보고는 한숨을 내쉬고 있었고, 나를 볼 때마다 몹시 쓸쓸해 보이는 눈을 하고 있었다. 아버지가 한숨을 쉴 때마다, 나는 언제나 가슴이 아팠다. 필요 이상으로 대화를 나눌 일도 거의 없었다. 아버지는 언제나 무기력했다. 그저 나를 키우기 위해서 억지로 살아있는 것처럼 보였고, 실제로 그랬던 것이리라.

대학을 졸업함과 동시에 집을 나왔다. 아버지는 아무 말도 하지 않았다.

나는 분명 필요 이상으로 아버지한테 신경을 쓰면서 살아왔다. 그래서 자취는 금전적인 문제를 제외하면 쾌적했다.

'딸은 아름답고 상냥한 애였어. 마음이 예쁜 애였지. 너를 가진 것이 인생에서 가장 기뻤다고 말했단다. 그 애가 살아있었다면 좋았을 텐데.'

하지만 쥐 죽은 듯 조용한 방 안에서, 어릴 적에 할머니가 그렇게 이야기했던 것을 때때로 문득 떠올리고는 악몽을 꿨다.

아버지도 할머니도, 친척도, 내가 태어난 것을 진심으로 기뻐하는 사람은 아무도 없었다. 오히려 내가 죽더라도 어머니가 살기를 바랐던 것이다.

나는 어린 나이에도 자신에게 존재 가치가 없다는 것을 알고 있었다.

다들 어머니를 좋아했다. 당연한 일이다. 태어난 나는 아무것도 모를 때부터 죄인이었다.

하지만 가장 인기 있다는 이름 덕분인지 아니면 어머니에게서 물려받은 단정한 이목구비 덕분인지, 학교에서는 인기가 많았다.

여자애한테서 고백받는 일도 드물지 않았고, 친구도 많이 있었다.

시시한 웅성거림이 영원히 끊이질 않는 교실 안에서, 나는 매일 뭐가 재미있는 것인지도 알 수 없는 대화에 맞추어 웃는 척하고 있었다. 아무것도 즐겁지 않았다.

세상은 무색투명했다.

그리고 지금도— 그 무색투명한 세상에서, 살지도 죽지

도 못한 채 그저 숨을 쉬고 있다.

목숨을 걸고 나를 낳은 어머니는 이런 나를 보면 어떻게 생각할까.

손님이 빠지고 가게 안에는 아이돌이 떠들 뿐인 라디오 방송이 흐르고 있다.

"아마시타 군… 잠깐 시간 괜찮을까?"

묵묵히 과자류 코너에서 물건을 진열하고 있던 내 뒤에서 이우라 씨가 불쑥 중얼거렸다. 업무에 관한 것 이외의 일로 이우라 씨가 먼저 말을 거는 경우는 없다. 뭔가 문제가 생긴 걸까.

"네, 왜 그러시죠?"

뒤돌아서 미소를 향했다.

"나…오늘로 끝이야. 일단 말해둬야 할 것 같아서."

"아… 그만두시는 건가요?"

정말이지 예상 밖인 보고였다.

"응…… 오랜만에 일 의뢰가 들어 와서. 그쪽에 집중하고 싶으니까."

"일? 이우라 씨, 다른 일을 하고 계셨나요?"

여러 아르바이트를 동시에 하고 있었던 것일까. 의뢰라는 게 뭘까.

"아…… 말하지 않았, 던가…. 나… 소설을 쓰고 있어서."

이우라 씨는 다소 주저하면서 대답했다. —소설. 그건 이전까지 관심 없는 분야였다.

"그러면 정식으로 책을 내신 프로라는 건가요?"

"뭐, 일단은…… 응."

"소설가라니, 대단하네요."

나는 말하면서도 내심 동요하고 있었다. 이우라 씨는 나와 마찬가지, 라기보다 나보다도 훨씬 깊은 밤 속에 있다고 생각했었다. 하지만 소설가라니— 재능있는 사람만이 할 수 있는 직업이다.

"아니, 전혀…… 대단하지 않아. 대단하지 않으니까, 아직 이런 장소에 있는 거야. 책이 좀처럼 팔리지도 않고, 의뢰도 오지 않아. 재능이 없다는 걸 알고 있으면서, 바보 같다고 생각해. 그래도… 이번이 정말 마지막 기회라고 생각해서… 힘내보고 싶어."

그런 식으로 자신에 관해 이야기하는 이우라 씨를 처음 봤다. 취직 활동에 실패했을 때와 마찬가지로 또 나만 어둠 속에 남겨져 가는 듯한 감각이 덮쳐왔다.

"그럼… 어떤 작품을 쓰고 계신 건가요?"

소설 같은 건 읽지 않는다. 그러니 알아도 달라지는 건 없다. 그렇지만 가슴이 울렁거렸다.

“말해도 모르겠지만….”

약간 뜸을 둔 뒤, 이우라 씨는 이렇게 입을 움직였다.

“「꽃 이야기」라는 책, 이라고…….”

그 순간, 심장이 두근거리며 뛰었다. 동시에 주머니 속에서 스마트폰이 진동했다. 누구한테서 온 메시지인지는 금방 알 수 있었다. 이런 한밤중에 메시지를 보내는 사람은 한 명밖에 없기 때문이다. 평소라면 휴식시간 때까지 메시지를 읽는 건 참지만, 어째서인지 도저히 가만히 있을 수가 없어서, 나는 주머니에서 스마트폰을 꺼내고는 메시지 화면을 열었다.

카코 〉 렌, 생일 축하해.

카코 〉 태어나 줘서, 고마워.

카코 〉 나와 만나 줘서, 고마워.

* * *

‘당신만의 이야기가 이곳에!’

1년 전— web 페이지를 여니 「flower story」라는 앱 광고가 온통 표시되어 있었다. 귀여운 동물 캐릭터나 아바타 기능, 그야말로 여자애가 좋아할 것 같은 가벼워 보이는 게임 내용.

단순한 시간 때우기로 설치해보았다. 하지만 시작해 보니 앱스토어 인기 순위에서 상위권을 차지할 만해서, 의외로 빠져들었다. 애초에 나는 게임에 열중하는 타입이다. 좋아하는 것도 있고, 게임을 할 때만큼은 모든 것을 잊을 수 있었다.

어느 정도 게임이 진행되자 도감을 꽉 채우기 위해서는 친구에게서 꽃 씨앗을 받아야 한다는 걸 알게 되어 다른 플레이어의 가게에 방문해, 되는 대로 친구 신청을 보냈다.

렌 〉 만나서 반갑습니다. 친구가 되어 주세요.

그건 단순한 정형문이었고,

카코 〉 네. 누군가 친구가 되어주길 바라고 있었어요. 이렇게 친구 신청을 보내주셔서 감사합니다.

나의 문자에 그런 식으로 정중하게 답변을 보낸 것은 카코뿐이었다.

같이 합세해서 싸우는 게임이라면 또 모를까, 이런 가벼운 게임의 의무적인 친구 신청에 성실하게 답변하는 플레이어는 없다고 말해도 과언이 아니다. 닥치는 대로 신청을 보내는 플레이어는 아마도 현실에서 게임을 하는 친구가 없어서 어쩔 수 없이 생판 모르는 사람과 친구가 되려는 것뿐이고, 그건 친구 창에 그저 유저 이름이 표시되는 것에 지나지 않는다. 사람이 조작하고 있을 터인데도, 기계와 대화하는 것과 다를 게 없었다.

하지만 그 메시지는 살아있었다. 숨을 쉬고 있었다.

렌 〉 친구가 되어 줘서 고마워요. 카코 씨, 잘 부탁해요.

친구 신청을 먼저 보냈으니 일단 대답을 하는 게 좋겠다, 그렇게 생각해서 메시지에 답장을 보내자, 카코에게 또 답변이 왔다. 역시나 정중한 메시지였다. 무시하는 것도 나쁜 것 같아, 곧바로 답변을 보내자 다시 답장이 왔다.

그리고 밤 동안, 둘의 문자는 계속되었다.

카코 〉 저는 조금 안 좋은 일이 있어서, 고등학교를 졸업하고 나서 집에 틀어박혀 있어요. 너무 못난 별 사람이라 질색하셨죠.

새벽녘에 카코에게 받은 그 메시지에, 나는 동요하고 있었다.

문득 떠올린 것이다.

고등학교 2학년 밸런타인데이 날.

방과 후 교실에서 책상에 들어있던 초콜릿을 가방에 담고 있자, 당번으로 교실에 남아있던 여자애가 살며시 내 옆에 서서는 예쁘게 포장된 상자를 내밀었다.

"이거…… 받아, 주세요……."

그때 그녀의 양손은 춥기 때문이 아니라 다른 이유로 떨리고 있었다. 몹시 긴장하고 있다는 걸 느꼈다.

쿠라타라는 성(姓)의 여자애였다. 이름은 기억나지 않는다. 아무도 말을 걸지 않는, 반에서도 눈에 띄지 않는 수수한 여학생이었다. 기억하는 한으로는 친구와 있는 모습도 본 적이 없다.

"고마워, 쿠라타."

하지만 나는 교실 안에서 그녀와 눈이 마주치면 말을 걸었었다. 모두에게 상냥하다고 하면 그렇지만, 뒤집어 말하면 누구에게도 흥미가 없었다. 단지 나는— 누구한테도 미움받고 싶지 않았다.

이윽고 화이트데이가 되어 1교시가 끝난 뒤, 쿠라타의 자리에 답례 선물을 주러 갔다. 눈에 띄어서 산 장미 자수가 들어간 손수건. 다른 아이들에게는 마시멜로를 주었지만, 어째서일까. 쿠라타에게는 다른 것을 건네고 싶었다. 그건 그저, 정말로 나를 좋아해 주었다는 게 전해져서 기뻤기 때문이었다.

"고마, 워……."

손수건을 받아든 쿠라타는 나를 올려다보고 무척 기쁜 듯이 얼굴을 발그레하게 물들이며 말하더니, 스커트 주머니에서 봉투 한 장을 내밀었다.

"저기…… 편지, 를 써 왔어…. 읽어 주면, 기쁠 거야…."

그리고 열심히 쥐어짜 내는 듯한 목소리로 그렇게 중얼거렸다.

나는 누구도 좋아해 본 적이 없다. 하지만 떨면서 말을 전하는 이 아이의 모습에 어째서인지 가슴이 조금 울렁거렸다.

편지에는 마음속에 있는 진심을 전부 토해낸 듯, 장문이 적혀 있었다. 두말할 필요 없이 그건 러브레터였지만, 마치 한 편의 소설 같기도 했다.

다 읽은 뒤, 책상에 편지를 집어넣었다.

하지만 점심시간 사이에— 누군가가 훔쳐 간 것이리라. 알아차렸을 때 러브레터는 반 전체에서 돌려 읽히고 있었다.

다음 날부터 봄방학이 시작됐고, 3학년이 되었을 때—쿠라타는 더는 학교에 오지 않았다.

"쿠라타, 안 오네~."

"당연하지."

"그보다 음침 캐릭터 주제에 렌한테 고백하다니, 착각

장난 아니지 않아?"

여자애들은 모여서 험담을 하고 있었다. 범인은 금방 알았다.

"저기, 렌도 그런 어두운 애, 흥미 없지?"

하지만 나는 아무 말도 할 수 없었다.

그저 미소를 보냈다. 미움받는 게 무서웠다.

렌 〉 질색하거나 하지 않아요.

렌 〉 저도 대학 졸업 후에 취직이 잘 안 되어서 24살이나 먹고 아르바이트 중이라, 이런 못난 별 사람인 제가 싫어지네요. 무슨 일이 있었는지는 모르겠지만, 카코 씨는 이제부터라고 생각해요.

그렇게 답장을 보낸 건 마음속 어딘가에서 카코에게 쿠라타를 겹쳐 보고 있었기 때문일지도 모른다.

쿠라타를 좋아했던 건 아니다. 싫어했던 것도 아니다. 같은 반 여자애가 말했던 것처럼 관심도 없었다. 그저, 그 기뻐 보이는 얼굴이 열심히 말을 전해 준 모습이 마음속에 남아 있었다.

그날부터 카코와의 메시지는 계속되었다.

카코 〉 렌은 좋아하는 소설 있어?

렌 〉 미안, 나는 게임만 해서 책은 그다지 읽지 않아…

만화는 읽지만.

렌 〉 카코가 좋아하는 소설은?

카코 〉 아마 모르겠지만, 내가 제일 좋아하는 건 「꽃 이야기」라는 소설이야. 내 운명의 책.

렌 〉 어떤 내용인데?

카코 〉 연애소설인데, 어쩐지 주인공이 나랑 닮은 느낌이 들어서 읽고 있을 때…… 정말로 사랑을 하는 기분이 들었어. 소설은 어떤 장르든 좋아하지만, 그렇게나 열중해서 몇 번이고 읽은 소설은 꽃 이야기뿐이려나.

렌 〉 흐음, 연애소설 같은 건 손에 쥐어 본 적도 없는데 왠지 읽어 보고 싶어졌어. 다음에 찾아볼게.

카코 〉 응, 꼭 읽어 봐. 떨어져 있는데도 같은 책을 읽는다는 건 멋지네!

얼굴도 모르는 상대와 무슨 이야기를 하고 있는 걸까. 부감(俯瞰)하는 듯이 그렇게 생각하는 한편으로, 음성도 영상도 없는 글자뿐인 대화는 리얼한 게임을 플레이하고 있는 것 같아서 즐거웠다.

그리고…… 언제부터였을까— 나는 카코에게서 오는 메시지가 몹시 기다려지게 되었다.

하지만 그건 그곳이 가상 공간^앱^이었으니까. 내게 있어 카코는 비현실적인 세계에 있는 비현실적인 존재였다.

"……알고 있어요, 꽃 이야기."

하지만 그렇게 말했을 때— 단숨에 카코가 현실 세계에 존재한다는 것을 느꼈다.

"뭐? 진짜로 하는 말이야……?"

이우라 씨의 눈이 휘둥그레졌다. 그다지 팔리지 않은 책일까. 내가 읽었다는 것을 믿을 수 없다는 듯한 표정이다.

"네. 아는 사람한테 추천받았어요. 그렇게나 열중해서 읽은 책은 없다면서."

카코의 말을 떠올리면서 전했다.

"그렇구나…… 기쁘네. …그 친구한테도, 고맙다고 전해줘."

이우라 씨는 쑥스러운 듯이 뺨을 긁적였다.

"네, 전해 드릴게요. 저기, 지금… 전해도 괜찮을까요?"

"어? 아, 응."

이우라 씨가 당혹스러워하면서도 고개를 끄덕였다.

나는 곧바로 스태프 방으로 들어갔다.

꽃 이야기. 이우라 씨가 그렇게 말한 순간부터 계속 심장이 고동치고 있었다.

렌 〉 나도 고마워.

렌 〉 그리고…… 갑작스럽지만, 만나고 싶어.

렌 〉 괜찮다면 카코가 괜찮은 날에, 교토로 가도 될까?

재빨리 손가락을 움직여 문장을 쓰고, 기세에 맡겨 송신한다.

스스로도 어째서 그런 말을 보냈는지 알 수 없다. 하지만 어째서인지 꽃 이야기에 관한 것을 메시지로 전해서는 안 될 것 같았다. 직접 전해야만 한다는 느낌이 든 것이다. 메시지가 발송되었다는 표시에 심장 고동이 빨라진다.

메시지에 곧바로 읽음 표시가 붙었다.

* * *

아직 어둑어둑한 아침 여섯 시. 아침 아르바이트인 아주머니들과 교대할 시간이 되어 사복으로 갈아입었다. 지쳐 있을 터인데도 신기할 정도로 졸리지 않은 것은 마음이 들떠있어서일까?

파카 주머니에서 스마트폰을 꺼냈다.

카코에게서 대답은 오지 않았다.

민폐라면 그냥 무시해 줘.

그렇게 쓰다가, 스마트폰을 주머니에 집어넣었다.

아마 구태여 그런 메시지를 보내지 않더라도— 거절당할 것이다.

애초에 만나고 싶다니, 그런 건 매너 위반이다. 게다가 만나서 뭘 하고 싶은 것도 아니다.

나는 그저 전하고 싶었다.

카코가 운명의 책이라고 말했던 소설을 쓴 사람과 만났다고.

"오랫동안 수고 많으셨습니다."

돌아갈 준비를 마치고, 이우라 씨 쪽을 돌아본 뒤 고개 숙여 인사했다.

"응, 고마워. 이런 나한테 언제나 친절하게 대해 줘서 기뻤어."

이우라 씨는 쑥스러워하며 살짝 웃었다.

가슴이 술렁인다. 나는 이우라 씨에게 친절하게 대했던 걸까. 모르겠다. 기억도 없다. 그저, 미소를 띠고 있었을 뿐이다.

가게 밖으로 나오자 밤과는 다른 아침의 냄새가 온몸에

스며들어 간다.

당연한 이야기지만, 편의점으로 가는 내리막길은 돌아가는 길에 오르막길이 된다. 만개한 벚꽃이 밤의 인공적인 광선이 아닌, 부드러운 햇빛에 비추어지고 있다. 나는 벚꽃 너머로 밝아져 가는 하늘을 올려다봤다.

솜사탕 같은 구름이 기분 좋은 듯 둥실둥실 흘러가고 있다.

역시 전에는 좀 더 천천히 흘러가고 있었던 듯한 느낌이 들지만, 시간이 흐르는 속도는 수억 년 전부터 변하지 않았다.

나만이 변하지 않는 흐름 속에서 움직이지 못하고 멈춰서 있다.

이대로 아침도 밤도 아닌 시간 속으로 사라져 버리고 싶다고 생각했다.

이제 지쳤다. 아무것도 하고 있지 않지만, 그저 이렇게 살아가고 있는 것에 지쳤다. 무엇을 위해서 태어났는지도, 무엇을 위해서 살고 있는지도 알 수 없다.

"하아……."

저 벚꽃잎처럼, 소리도 없이 떨어져 죽고 싶다.

그렇게 생각했을 때 스마트폰이 진동했다.

주머니에서 꺼내 화면에 시선을 떨군다.

카코 〉 나도, 만나고 싶어.

* * *

오전 아홉 시.

있을까 말까 한 저금으로 교토까지 가는 자유석 티켓을 구매한 뒤, 도쿄역에서 신칸센에 올라탔다.

내 쪽에서 말을 꺼내긴 했지만, 카코와 만나는 것이 아직 실감 나지 않는다.

카코 〉 오늘 12시에 교토역 대계단 위, 종 밑에서 기다리고 있을게.

그 후에 카코에게 메시지가 와 있었다.

만나고 싶다고는 했지만, 설마 당일이라고는 생각하지 않았다. 그래도 말을 꺼낸 건 이쪽이니까, 다른 날로 해 달라고는 말하기 어렵다. 그리고 나도 오늘이 아니면 교토에 갈 정도의 충동은 일어나지 않을지 모른다.

그건 그렇고, 정말로 카코는 약속 장소에 오는 것일까. 안 좋은 일이 있었다고는 들었지만, 무엇이 원인인지 자세하게는 묻지 않았다. 정신적인 원인이라고 한다면, 잠깐 정도는 외출할 수 있는 수준인 걸까.

요 1년, 돌이켜보면 매일 카코와 메시지를 주고받고 있었다.

카코가 쓰는 말은 언제나 친절하고 다정해서, 은둔형 외톨이라는 부정적인 정보가 있으면서도 내가 상상 속에서 멋대로 만들어 낸 카코는 어째서인지 가련한 여자애였다.

하지만 인터넷상에서 알게 된 사람과 현실에서 만났을 때의 좋은 이야기는 그다지 듣지 못했다.

나는 딱히 외모를 중시하는 타입도 아니고, 애초에 누구를 좋아해 본 적도 없다.

하지만 상상을 초월할 정도로 음침한 여자애가 오면, 상상 속의 카코를 잃은 것에 어쩌면 실망할지도 모른다.

그럴 가능성이 크다고 생각하지만, 그래도 괜찮다. 나는 그저 꽃 이야기에 관한 것을 전하고 싶을 뿐이다.

그런데도— 이렇게까지 긴장되는 이유는 뭘까.

"후우……."

평상심을 되찾고자 귀에 이어폰을 꽂고 스마트폰을 조작하며 적당한 게임을 시작했다. 게임은 언제든 현실에서 도피할 수 있게 해준다.

11시 45분, 약속 시각 15분 전. 티켓에 표시된 시간대로 교토역에 도착했다.

역 건너편에는 교토 타워가 우뚝 솟아 있다.

그 경치가 쿠루리*의 앨범 재킷으로 쓰였었다는 것을 떠올리며, 나는 몰려있는 관광객을 잘 피해서 앞으로 나아갔다.

중학교 수학여행은 오키나와, 고등학교는 홋카이도. 평소 여행은 하지 않으니까 교토에 온 것은 처음이었다. 유명한 건축사가 설계했다는 역 구내는 교토답지 않다는 느낌도 들지만, 게임 스테이지처럼 미래적인 느낌이라 조금 들떠 올랐다.

지정된 약속 장소로 대계단 옆 에스컬레이터를 타고 올라갔다. 인터넷으로 조사해 보니, 결혼식도 이루어지는 장소인 것 같다. 꼭대기에 가까워짐에 따라 심장 소리가 무서울 만큼 커지는 것을 알 수 있었다.

에스컬레이터를 바꿔 타고 약속 장소에 도착하자, 결혼식이 막 끝난 참일까, 종 주위에는 분홍색 꽃잎이 흩어져 있었다.

그리고 종 앞에는—, 한 명의 여자애가 서 있다.

---

* 일본의 음악 밴드.

나는 카코의 얼굴도 모른다.

목소리도. 어떤 얼굴로 웃는지도.

알고 있는 것이라고 하면, 21살 여자애라는 것. 교토에 살고 있다는 것. 3년 전부터 틀어박혀 있다는 것.

게임은 flower story밖에 플레이한 적이 없고, 소설을 좋아하며, 가장 좋아하는 소설은 꽃 이야기. 좋아하는 영화는 귀를 기울이면.

표면적으로 말하면 그것뿐이다.

하지만 나는 이 아이가 카코라는 걸 알 수 있었다.

긴장이 극에 달했다. 피가 온몸을 콸콸 도는 것이 느껴진다.

가냘픈 뒷모습에 천천히 다가가자, 기척을 느낀 것인지 여자애는 봄다운 꽃무늬 플레어 스커트를 나부끼며 빙글 뒤돌았다.

조금 헐렁한 느낌의 하얀 니트가 한낮의 태양에 비추어져 아직 얼굴이 잘 보이지 않는다.

"혹시…… 렌? 처음 뵙겠습니다. 저, 카코예요."

처음으로 듣는 카코의 목소리는 상상했던 것보다 높고, 달콤했다.

심장이 꽉 붙잡힌다.

옆으로 넘긴 윤기가 감도는 검은 앞머리와 앞가슴까지 내려온 긴 머리카락이 바람 그 자체처럼 나부끼고 있다.

그리고— 내 눈앞에는, 다정하게 쓰인 문장 속에서 그대로 튀어나온 것만 같은 여자애가 있었다.

"네. 처음 뵙겠습니다. 렌입니다."

나는 카코에게 한 걸음 가까이 다가가 말했다. 긴장하고 있는 걸까. 미소가 평소처럼 잘 지어지지 않는다.

"역시, 렌이야⋯⋯ 다행이다, 만날 수 있었어."

카코는 나를 바라보며 미소 지었다. 마치 겨울에서 깨어난 꽃봉오리가— 피는 것처럼.

그 가련한 미소에 태어나서 처음으로 도무지 어찌할 수 없을 정도로 마음이 흔들렸다. 온몸이 뜨거워진다.

"줄곧, 만나고 싶다고 생각했어⋯. 그러니까⋯ 저기, 만나자고 말해 줘서⋯, 고마워."

카코가 떠듬떠듬하며 말했다. 처음으로 메시지를 주고받았을 때처럼.

"나도⋯⋯. 그러니까⋯⋯ 저기, 와 줘서, 고마워."

목소리가 달아오른다. 심장이 바보처럼 울린다. 그 소리가 온몸에 울려 퍼진다. 나는 누군가를 좋아해 본 적이 없다. 아무도 좋아할 수 없을 거라 생각했다.

왜냐면 세상은 언제나 무색투명하고, 불행하며, 잔혹해서, 슬픔밖에 주지 않았으니까.

하지만 마음속 어딘가에서 나는 언제나 바라고 있었던 것일지도 모른다.

진심으로, 누군가를 좋아하고 싶다고—.

제3화

꽃 이야기

교실에서는 같은 나이라는 이유로 집결된 남녀가 이곳 저곳에서 떠들고 있었고, 나는 언제나 눈에 띄지 않도록 공기 같은 존재로서 살아가는 것을 유념하고 있었다.

오랜 사용으로 낡은 책상 및 의자와 동화하면서, 쉬는 시간에는 언제나 책을 읽고 있었다.

그 사건 이후로 나는 계속 그림자로서 살아가고 있었지만, 열중해서 책을 읽고 있는 시간만큼은 아무리 외톨이여도, 고독하다는 것을 잊을 수 있었다.

그래서 방과 후에는 동아리에도 들어가지 않고, 거의 매일 교토역의 큰 서점에 다녔다.

"책은 인생을 풍요롭게 해줘. 누군가의 인생의 일부를 고작 천 엔 남짓으로 체험할 수 있단다. 그러니 책을 잔뜩 읽으렴. 그렇게 하면 말이지, 언젠가 자신의 인생에 필요

한 운명의 책을 만날 수 있으니까."

엄마는 언제나 그렇게 말하며 용돈을 넉넉하게 건네주었다.

다른 곳에 들리지도, 군것질도 하지 않는다. 옷도 신발도 액세서리도 사지 않는 나는, 깨닫고 보니 책에만 돈을 쓰고 있었다.

자주 교토역 대계단 맨 위에 앉아서 책을 읽었다.

거기서 수많은 사람이 오가는 것이 보였다.

엇갈려 지나칠 뿐인 운명이 이 세계에는 얼마나 있는 걸까.

이렇게나 많은 사람이 있는 장소에서 누군가와 만나고, 좋아하게 되거나, 사귀거나, 결혼해서 아이가 태어나거나— 그런 평범한 인생을 보내는 것은 기적이라고 생각한다.

아마도 나라는 존재가 태어난 것도 기적임은 분명하다.

하지만 나는 어째서 태어난 것일까.

무엇을 위해서—. 누굴 위해서—.

책 페이지를 넘기며 언제나 생각하고 있었지만, 아무리 생각해도 답은 발견되지 않았다.

색채가 없는 날들이 지나간 사이, 나는 고등학교 3학년이 되었다.

4월 1일. 개학식 날, 학교는 점심시간에 끝났다. 거기서 나는 줄곧 가보고 싶었던 예술적인 책을 많이 취급하는 이치조지의 서점에 버스를 타고 갔다.

운명의 책을 만난 건 가게에 들어가고 나서 곧바로였다.

가게 안을 떠돌아다닐 틈도 없이, 신간 코너에 진열된 빨간색 책이 시야에 들어왔다.

「꽃 이야기」

당장이라도 죽어 버릴 것만 같이 슬픈 표정을 지은 여자애가 그려진 표지— 그건 어딘지 나와 비슷했다. 페이지를 넘겨 보니, 주인공은 '하나(꽃)'라는 이름을 가진 소녀였다.

나는 단행본을 좋아한다. 종이의 질감이나 그 중후함. 그리고 문고본으로 만들어지지 않는 책은 스토리보다 표현을 중시하는 책이 많다. 나는 표지 속 주인공에게 나를 겹쳐 보고, 그 단행본을 샀다.

그 후 돌아오는 길에 탄 버스 안에서 이야기를 읽기 시작했을 때, 이것이 내 운명의 책이라고 직감했다.

그건 수수한 여학생의 첫사랑을 그린— 어디에나 있을 법한 이야기일지도 모른다. 하지만 한 줄 한 줄, 어느 페이지를 살펴봐도 겉날린 부분이 없는 문장으로 엮인 이야기는 압도적이었고, 내 모든 세포를 지배했다.

책 속에서, 주인공 여자애는 살아있었다. 숨을 쉬고 있었다.

나는 그때까지 책을 읽고 있을 뿐이었고, 글자를 좇고 있을 뿐이었으며, 그것만으로도 좋았다.

하지만 「꽃 이야기」를 읽고 있을 때, 주인공의 이름이 '하나'라는 사실도 작용하여, 태어나서 처음 빙의되는 기분을 느꼈다. 그리고 다 읽었을 때, 이 이야기를 자신이 체험한 나날처럼 느껴, 자연히 눈물이 흘러내리고 있었다.

행복한 결말인데도 눈물이 멈추지 않는 건 처음 있는 일이었다.

사랑이 이루어진다는 건 이렇게나 눈물이 나오는 일이구나. 나는 울면서 언젠가, 언젠가 이런 멋진 사랑을 하고 싶다고 생각했다.

그리고 한 달 뒤, 꽃 이야기를 읽은 덕분인지 나는 태어나서 처음으로 사랑이라 부를 수 있는 감정과 마주했다.

상대는 3학년이 되어 처음으로 같은 반이 된 치바라는 남자애였다.

"안녕, 야마기시."

치바는 매일 아침 의자에 딱 붙어서 아무것도 하지 않는 나에게 항상 그렇게 인사를 해주었다.

치바는 용모도 단정하고 상냥하여 필연적으로 여자애들한테 인기가 많았다.

이야기를 잘 할 수 없는 나는 그런 자신과는 동떨어진 존재에 위축되어 언제나 고개를 끄덕이는 것밖에 하지 못했다.

그래도 치바는 매일 아침, 내게 "안녕."이라는 말을 건네는 것을 빼먹지 않았다.

어째서 치바는 이런 허수아비 같은 내게 말을 걸어 주는 것일까.

나는 매일 아침 의아했다.

하지만 '어째서 인사를 해주는 거야?'라는 질문은 너무 이상해서 할 수 있을 리가 없다.

단지, 같은 반 친구니까. 그 이상도 이하도 아니거니와, 그것이 답일 것이다.

그래도 나는 기뻤다.

치바의 인사에 고개를 끄덕일 때마다 마음이 찌부러질 것만 같을 첫사랑에 빠져 갔다.

시야 속에 치바가 존재하는 것만으로도, 황량해진 마음은 물을 준 꽃처럼 싱싱하게 되살아났다.

누군가를 좋아한다고 느끼는 것만으로도 세상은 이렇게나 반짝인다—.

그 무렵 나는 운명의 책 「꽃 이야기」 주인공에 몰입해서 매일 일기를 쓰고 있었다.

'꽃 일기'. 노트 표지에는 그렇게 제목을 붙였다.

처음에는 적을 게 없어서 읽은 책의 감상을 써나갔다. 하지만 깨닫고 보니 꽃 일기의 내용은 차츰 치바에 관한 내용투성이가 되어 있었다.

춘월(春月) ○**일**

같은 반이 된 치바. 매일 인사를 해준다. 치바는 어째서 이런 내게 말을 걸어 주는 것일까. 아무리 생각해도 모르겠다. 이맘때면 매일 치바를 생각하고 만다. 이야기한 적도 없는데. 꿈에서까지 나온다. 꿈속에서 나는 치바와 대화를 하고 있다. 별것 아닌 일이지만, 깨고 나서도 계속 가슴이 두근거린다.

하월(夏月) ○**일**

줄곧 눈치채고 있었지만, 이건 아마 사랑 이외의 무엇도 아니라고 생각한다. 나는 사랑을 한 거다. 첫사랑을. 마치 꽃 이야기 같다. 언제나 소설 속에만 있었던 감정이 내 안에 있다니, 기적 같다.

수업 중에 뒷모습을 바라보고 있었더니, 뒤돌아본 치바와 눈이 마주치고 말았다. 심장이 터질 것만 같았다. 마음이 진정되질 않아서, 깨닫고 보니 고전문학 수업 중에 노트에다 좋아한다고 열 번이나 써 버렸다. 사랑은, 조금 기분 나쁘다.

추월(秋月) **○일**

같은 날 당번이 되었다. 칠판에 내 성씨와 치바의 성씨가 나란히 있는 것만으로도 기뻤다.

"칠판 지워줘서 고마워. 일지는 내가 써 둘게."

치바는 그렇게 말해 주었지만, 나는 아무 말도 할 수 없었다. 고개를 끄덕이는 것밖에 하지 못했다.

고마워, 라고 말하고 싶었는데, 부끄러웠다.

동월(冬月) **○일**

겨울 방학이 끝났다.

요 1년— 열심히 공부했기에 치바랑 같은 대학에 합격했다. 기쁘다.

이걸로 작별이 아니다. 치바의 모습을 멀리서 보고 있는 것만으로도 좋다. 그뿐인 사랑이라도 괜찮다. 그러니까 보고 있고 싶다. 그 정도는, 허용될 거라고 생각한다.

2월 28일

내일은 졸업식이다.

힘내서 치바에게 말을 걸어 보고자 한다. 매일 나한테 말을 걸어 줘서 고마워, 라고. 힘내, 나.

사랑을 하면 시간은 눈 깜짝할 사이에 지나가는 듯하다.

1년 정도는 빨리 감기를 한 것처럼 지나가서, 3월 1일—졸업식 날이 찾아왔다.

1년간 치바는 매일 빠지지 않고 내게 인사를 해 줬는데, 나는 끝끝내 한 번도 대답하지 못한 채였다.

그러니 오늘이야말로, 단 한 마디라도 좋으니 내가 먼저 치바에게 뭔가 말을 걸고 싶다.

그렇게 생각하고 있었다.

강당에서 마지막 교가를 부르는 치바의 뒷모습만이 그저 선명하게 내 시야에 비쳐 들어온다.

모두가 흐느껴 우는 가운데, 눈물은 나오지 않긴 해도 나 역시 아주 약간 슬픈 기분이 들었다. 치바를 좋아하게 되었기 때문이다.

선생님들의 긴 인사와 함께 졸업식이 끝났다.

각자 교실로 돌아가려 하는 가운데, 나는 용기를 내어 살며시 치바에게 가까이 다가갔다.

그러자 타이밍 좋게 뒤돌아본 치바와 눈이 딱 마주쳤다.

말해야 해. 똑바로, 말해야 해.

나는 '언제나 말 걸어 줘서 고마워.' 그렇게, 말하려고 했다.

하지만 먼저 말을 건 것은 치바 쪽이었다.

"저기, 야마기시. 잠깐, 괜찮을까."

치바는 그야말로 쓰러질 것처럼 긴장하고 있는 내게 가까이 다가오더니 그렇게 말했다.

대체 무슨 일이 일어나고 있는 것인지 알 수 없었다.

심장 고동 소리가 너무 커서 주변 소리가 들리지 않을 정도로 긴장한 나는 고개를 끄덕였다. 무언가를 말하려고 생각했는데, 너무나도 놀라 목소리가 나오지 않았다.

"그럼, 같이 와줘."

치바는 내 팔을 잡더니 인기척이 없는 바깥 계단 층계참으로 데리고 갔다.

이건, 꿈—?

어리둥절하면서도 치바의 손 감촉이 온몸에 전해져, 기뻐서 현기증이 났다.

"저, 저기……."

나는 말을 꺼냈다.

치바는 그걸 가로막는 것처럼 내게 시선을 돌리고는 이렇게 말했다.

"저기 말이야, 괜찮다면 말인데, 나랑…… 사귀어 줬으면 좋겠어."

어—?

생각지도 못한 말이었다.

기쁘다든가 행복하다든가 하는 감정을 느끼지도 못한 채, 내 심장은 망가졌다.

너무 놀란 나머지 아무 기능도 하지 않는다.

나는 그저 얼굴을 새빨갛게 물들이며 무의식적으로 고개를 끄덕이고 있었다.

그 반응에 치바는 쓴웃음을 지으며 내 머리를 툭툭 두드렸다.

"고마워. 그럼, 그런 걸로. ……미안."

그리고 등을 휙 돌리더니 내게서 떠나갔다.

지금 이 현실은 대체 뭐였던 걸까.

그 자리에 멍하니 선 채, 한동안 움직일 수 없었다. 고백받은 건지 어떤 건지도 잘 알 수 없었다. 하지만 사귄다고 해도, 어떻게 하면 좋은 걸까.

오늘이 졸업식인데, 나는 치바의 연락처도 몰랐다.

게다가 미안, 이라는 말은 무슨 의미일까.

상황을 전혀 이해하지 못하고 멍하니 있자, 누군가가 내 등을 두드렸다.

치바? 설마, 연락처를 알려주러 온 것일까.

두근두근하면서 뒤돌아봤다.

하지만 그곳에 있던 건 같은 반 아이인 XX였다. 치바와 마찬가지로 축구부에 들어가 있고, 매니저를 하고 있다. 반에서 제일 예쁜 아이로, 언제나 수많은 친구에게 둘러싸여 있었다. 같은 학생인데도 내게는 아득히 먼 존재였다.

그런 구름 위의 존재가 나한테 무슨 볼일인 걸까. 안 좋은 예감이 들었다.

"있지, 야마기시. 이거, 네 거지?"

XX가 손에 들고 있던 건 꽃 일기였다. 그러고 보니 어제 일기를 쓴 뒤에 학교에 두고 간 것을 완전히 깜박하고 있었다.

“이거, 읽어 봤는데 엄청 재미있었어. 야마기시는 글 쓰는 재능이 있는 거 아니야?”

XX가 비아냥대는 투로 웃었다.

“답례로 이거 보여 줄게.”

XX는 그렇게 말하고는 자신의 스마트폰을 나한테 건넸다. 고무 재질의 커다란 토끼 귀 케이스가 씌워져 있다.

화면에는 모두가 쓰고 있는 메시지 앱의 대화 화면이 표시되어 있었다.

XX 〉 조금 전에 야마기시 하나코가 쓴 일기가 나한테 왔는데, 치바를 좋아했던 것 같아. 일기에 의하면 치바도 매일 야마기시한테 인사했던 것 같고, 야마기시 좋아했던 거야?

치바 〉 하? 좋아할 리 없잖아. 그런 음침한 여자, 기분 나쁘다고.

XX 〉 흐음. 그럼 어째서 그런 음침한 애한테 매일 인사한 건데?

치바 〉 딱히, 의미는 없는데. 무시하는 것도 불쌍하니까.

XX 〉 그럼 야마기시 마음에 답해 주지 그래? 내일 고백해 봐.

치바 〉 싫어. 귀찮아.

XX 〉 흐음. 그럼 이제 헤어질래.

치바 〉 왜 그렇게 되는 건데.

XX 〉 매일 인사했다니, 바람피운 거잖아. 벌칙 게임. 안 하면 헤어질 거야.

치바 〉 알았어.

그 대화를 읽으면서, 내 세계는 새하얗게 변해 갔다.

토끼 귀가 달린 스마트폰이 손에서 미끄러져 떨어질 뻔했을 때, XX는 내 손에서 그 악몽을 도로 가지고 갔다.

“아까 치바의 고백은 벌칙 게임이야. 혹시 믿었어? 아니, 그보다 치바는 나랑 사귀고 있으니까. 너한테 이런 심한 짓을 할 수 있을 정도로 나를 엄청 좋아한다구. 몰랐어? 다들 알고 있는데.”

몰랐다. 알고 싶지 않았다.

전부, 전부, 알고 싶지 않았다. 나는 그렇게 생각하면서도 고개를 끄덕였다.

그러고 나서 잔뜩 눈화장이 되어 있는 XX의 눈을 물끄러미 응시했다. XX는 의기양양한 표정을 짓고 있다.

"벌칙 게임이라도, 치바랑 이야기할 수 있어서 기뻤어."

그리고 나는 스스로 놀랄 정도의 발랄한 목소리로 대답했다.

고등학교 생활을 통틀어서, 제대로 목소리를 낸 것은 그게 처음이었다.

그 후에 어떻게 학교에서 집으로 돌아왔는지도 기억나지 않는다.

그저 한시라도 빨리, 이 잔혹한 세계에서 사라져 버리고 싶었다.

봄부터 진학하게 될 대학은 정해져 있었다. 치바와 같은 대학. 멀리서라도 좋으니, 앞으로도 치바의 모습을 바라보고 싶어서 필사적으로 공부했다.

하지만 나는 가지 않았다. 같은 대학에 갈 수 있을 리가 없었다.

그저 바라보고 있는 것만으로도 행복했는데.

그것조차도 허용되지 않았다.

사랑을 하는 것은 책에 나오는 것처럼 멋진 일이 아니었다. 역시 나는 주인공이 될 수 없다.

어째서일까. 울고 싶은데, 너무나도 슬플 때는 눈물이 나오지 않는다.

가슴이 아파서, 죽어 버릴 것만 같았다.

* * *

그 이후로 하나코는 바깥에 나갈 수 없게 되었다.

밖에 나갔다가 치바나 XX나 반 아이들과 딱 마주칠 걸 생각하면 무서웠다. 돌려가면서 읽힌 꽃 일기의 내용은 적어도 반 아이들에게 전부 알려졌을 것이다. 반 아이들과 마주치는 생각만으로도 무서웠다.

이제 두 번 다시, 사랑 같은 건 하지 않겠어.

하나코는 그렇게 생각하고 있었다.

그런데도 렌을 사랑하고 만 것은, 렌이 **만난 적 없는 상대**였기 때문이다.

렌이라는 존재는 하나코에게 유일무이한 현실이면서도, 현실이 아니었다. 렌에게도 하나코는 현실이 아니었을 것이다.

그래서 하나코는 집에서 나올 수 없다는 것을 털어놓았다. 그 뒤로 렌이 은둔형 외톨이인 자신과 메시지를 계속 주고받아 준 것만으로도 기적이었다.

그런데도 만난다면, 자신을 싫어하게 될 게 분명하다.

—이런 나를 좋아해 줄 사람은 없다.

하나코라는 촌스러운 이름이 어울리는 음침한 인간인 나. 이런 나를 만나고 싶다니, 귀여운 아바타 아이콘이 아닌 현실 세계의 내 모습을 보면 렌은 실망할 게 분명하다.

하나코는 그렇게 느끼고 있었다.

확실히 그렇다. 애초에 하나코는 문장으로는 제대로 이야기할 수 있지만, 벌써 몇 년이나 제대로 목소리를 내지 않았다. 만난다고 해도 분명 아무 이야기도 할 수 없을 것이다. 눈을 쳐다보지도, 웃지도 못할 것이다.

그러니 렌과 만나는 건 불가능하다.

* * *

하나코가 퍼뜩 정신이 들어 눈을 떴을 때, 주변은 쥐 죽은 듯 고요해서 바닷속에 가라앉은 것만 같이 깊은 밤 속이었다.

만나고 싶어.

하나코에게는 그 메시지를 읽은 뒤부터의 기억이 없었다.

아무래도 정신을 잃었던 모양이다. 하나코는 자신의 한심함에 한숨을 내쉬었다.

그건 그렇다 쳐도 안 좋은 꿈을 꾸고 있었다. 졸업식 날의 일은 가능하다면 기억의 묘지에 매장해 버리고 싶다. 그런데도 불행한 기억일수록 사라지지 않는다. 벌써 3년이라는 세월이 지났는데도 기억은 흐려지긴커녕 점점 선명해져 갔다.

어쨌든 렌에게 답장을 해야만 한다.

하나코는 손에 쥔 채였던 스마트폰을 터치하여 화면을 켰다.

만나고 싶지 않다고 거절한다면, 렌은 다시는 메시지를 보내주지 않겠지.

그렇게 생각하면 무서워서 좀처럼 앱을 터치할 수가 없다. 하지만 이대로 방치할 수는 없는 노릇이다. 렌도 용기를 내서 만나자는 말을 꺼내 준 것이다.

하나코는 작게 심호흡을 한 뒤 flower story의 메시지 화면을 열었다.

그리고— 자신의 시야에 들어온 말에 눈을 의심했다.

카코 〉 나도, 만나고 싶어.

스륵, 하고 스마트폰이 손바닥에서 미끄러져 떨어진다.

분명 하나코는 메시지를 읽고 어느샌가 잠들어 버리고 말았다.

잠결에 취해서 보내고 만 것일까. 하나코는 당황스러운 상태로 떨어뜨린 스마트폰을 주웠다.

잘못 본 것일지도 모른다. 그렇게 생각을 고치고 다시 한번 화면에 시선을 떨궜다.

하지만 잘못 본 게 아니었고, 믿을 수 없게도 메시지는 이어져 있었다.

카코 〉 오늘 12시에 교토역 대계단 위, 종 밑에서 기다리고 있을게.

하나코는 이어서 그렇게 보냈다. 렌에게서는 이렇게 답장이 와 있다.

렌 〉 오늘 바로! ^^ 왠지 긴장되네.

—뭐야, 이거?

만날 수 있을 리가 없는데. 나 같은 게 나타났다가는 환멸 당할 게 분명한데.

게다가 밖에는 나갈 수 없다. 잠결에 취해 있었다고 쳐도, 어쩜 이런 무책임한 메시지를 보낸 걸까. 혼란 속에서 하나코는 서둘러 변명을 생각했다.

열이 나서 갈 수 없게 됐어. 미안해.

거짓말을 하는 것에 죄악감을 느끼면서도, 황급히 그렇게 입력하기 시작했을 때였다.

띠링, 하고 스마트폰이 소리를 냈다. 렌에게서 온 메시지다.

렌 〉 오늘, 와 줘서 고마워. 꿈을 꾸고 있는 것 같았어.

렌 〉 아직도 카코랑 만났다는 게 믿기지 않네.

내용을 확인하고, 하나코의 심장은 얼어붙었다.

……어?

이건, 무슨 말일까.

모르겠다. 아무리 생각해 봐도 의미를 알 수 없었다.

나는 렌을 만나지 않았다. 만나기는커녕 방에서도 나가지 않았다.

렌은 무슨 말을 하고 있는 걸까—.

당황하는 하나코의 시야에 꽉 쥐고 있던 스마트폰 화면의 날짜가 비쳤다.

4월 2일.

하나코가 정신을 잃고 나서 하루가 지났다.

—온종일…… 자고 있었어?

하나코는 그대로 굳고 말았다.

초등학생 때였던가, 딱 한 번이지만 이런 일이 있었다.

하나코는 그날 아침, 학교에 가는 게 싫어서 계속 잠들어 있었다. 길고 긴 꿈을 꾸고 있었다. 아무도 비명을 지르지 않는 행복한 꿈이었다. 멍한 의식 속에서, 엄마가 깨우러 오면 오늘만 꾀병을 부려야겠다 생각하고 있었다.

하지만 밤이 되어도 엄마는 하나코를 일으키러 오지 않았다. 하나코는 쭈뼛쭈뼛 거실로 내려가서, "오늘…… 학교 쉬었는데, 화 안 내……?" 그렇게 물었다.

그러자 엄마는 의아하다는 듯한 표정을 지으며, 하나코는 평소대로 학교에 갔다고 말했다.

그때도 하나코는 이런 감각을 느꼈다.

중학생이 되고 나서 안 것이지만, 아마도 몽유병인 듯했다.

하지만 그 이후로 발병하는 일은 없었다.

이 대화가 정말이라고 한다면, 몽유병이 돌발적으로 재발하고 나는 이런 몰골로 밖에 나가서 렌을 만난 것일까……. 하나코는 당혹스러웠다.

머리는 자고 일어난 채로 부스스하고, 입고 있는 옷은 수수함이 극에 달한 보풀이 붙은 회색 운동복. 얼굴도 화장 같은 건 한 적이 없으니까 당연히 민낯이다.

마음속으로는 아무리 로맨틱한 것을 공상하고 있었다고 해도, 외견은 평범한 여자애와는 전혀 거리가 먼 전형적인 은둔형 외톨이 여자에 지나지 않았다.

그런데도 렌에게 온 메시지를 보면, 아마도 자신을 싫어하고 있지는 않은 것 같다.

—그런 건, 말도 안 된다.

만에 하나, 렌이 겉모습으로 판단하지 않는 타입이라고 쳐도 자다 막 일어난 것이나 마찬가지인 이런 차림에 실망하지 않는다는 건 말도 안 된다. 같이 걷는 것조차 창피했을 것이다.

'기분 나쁘다고.'

지금도 하나코의 가슴속에는 그 문장이 어제 일처럼 되살아난다.

가슴에 꽂힌 채, 뽑아내지도 못하고 있다.

아아, 그렇다. 렌은 잘못해서 다른 사람과 만난 것일지도 모른다. 그 사람을 나라고 착각한 것이다.

하나코는 그런 생각이 떠올랐다.

그도 그럴 것이 몽유병인 채로 데이트를 한다니, 아무리 그래도 불가능하다.

그때 또다시 알림이 울렸다.

하나코는 심장이 튀어나오지 않도록 가슴을 누르며, 기도하는 마음으로 메시지 내용을 열었다.

렌 〉 아, 혹시 괜찮으면 '하나코'라고 불러도 돼?

렌〉 나도 '렌(蓮)'이라고 불러. 한자로 쓴 것뿐이지만.

——하나코.

……내 이름, 어떻게.

하나코는 렌에게 본명을 알려준 적이 없다. 그러니 렌이 그 이름을 알 리가 없었다.

스마트폰 전원이 꺼지는 것과 동시에, 하나코의 뇌는 완전히 쇼트가 나 버렸다.

제4화

생명선

다음 날, 하나코는 계속 멍한 상태로 이상한 공간 속에 있었다. 마치 이상한 나라의 앨리스가 꿈과 현실을 구별할 수 없게 되어 꿈을 현실로 느낀 것처럼.

하나코는 전원이 꺼진 뇌를 어떻게든 복구하고자 4.7inch 화면으로 장안의 화제라는 영화를 보고 있었지만, 내용이 전혀 눈에 들어오지 않았다.

여느 때라면 비현실적인 세계에 몰두해 버리는데, 지금은 현실(이라기보다 비현실적인 현실이라고 해야 할까)의 일에 사고회로가 집중되어 있다.

뭘 해도 진정이 되질 않아서 아직 렌에게 답장을 하지 못하고 있다.

만약— 몽유병이었다고 쳐도, 정말로 이렇게나 최악인 모습으로 렌과 만났다는 건가. 역시 누군가와 착각하고 있는 건 아닐까.

갖가지 추리가 하나코의 머릿속에서 빙글빙글 소용돌이쳤지만, 어느 것이고 확 와닿지 않는다.

어째서냐면 렌은 메시지에서 '하나코'라고 불러도 괜찮겠냐고 물었다. 자신이 아닌 다른 누군가가 그 이름을 알고 있을 리가 없었다.

"하아……."

하나코의 몸에서는 오늘 16번째인 한숨이 새어 나왔다.

결국, 렌에게 뭐라고 대답해야 할지 고민하는 사이에 영화는 끝나고 말았다.

엔딩 크레딧이 흐르기 시작하고, 스마트폰을 끄려던 그 때, 화면 위에 알림이 떴다.

렌 〉 내가 싫어진 걸까.

하나코의 심장은 단숨에 빠르게 고동쳤다.

어쩌지. 하나코는 망설였다.

처음으로 만난 후에 아무런 반응도 없으니까, 렌이 그렇게 느끼는 것도 무리는 아니다. 반대 입장이었다면 불안해지는 정도로 그치지 않았을 것이다.

하지만 하나코에게는 역시 렌과 만난 기억이 없다. 집에서 나간 기억조차 없는 것이다.

하지만 렌의 메시지를 계속 무시하는 건 무리였다.

일단 말을 맞추는 편이 좋을지도 모른다—.

게다가 렌이 만나서 즐거웠다고 말하고 있는데, 만나지 않았다고 답장하는 건 너무나 이상하다.

하나코는 작게 숨을 내쉬고는 답장을 쓰기 시작했다. 거짓말을 하는 건 싫지만, 렌과 연락이 끊기는 것은 더욱더 싫었다.

카코 〉 미안, 메시지 잘 안 보내졌던 것 같아.

카코 〉 어제, 즐거웠어. 고마워.

카코 〉 렌이라는 이름은 한자로 쓰면 더 멋지네. 앞으로는 그렇게 부를게!

하지만 메시지를 보낸 뒤, 하나코는 어쩐지 묘한 기분이 들었다.

정말로 렌…… 아니, 렌(蓮)과 만나서 즐거웠던 듯한 그런 기분이 솟아난 것이다. 절대로 만나지 않았는데, 어째서 그런 감정을 느낀 것일까.

렌 〉 다행이야. 실제로 만나 보고 날 싫어하게 된 건가 싶었어. 이상한 말을 해서 미안.

렌 〉 지금 아르바이트가 끝나서 집에 가는 길이야.

답변은 금방 왔다. 동이 틀 무렵, 오전 여섯 시를 지난 시각— 언제나 이 시간이 되면 렌에게 메시지가 온다.

하나코는 답변을 기대하느라 점점 더 밤을 새우게 되었다. 렌의 말이 전해지는 것만으로도, 한없이 어두운 깊은 밤 속에 빛이 켜진다. 혼자가 아니라는 느낌을 받을 수 있었다.

카코 〉 수고 많았어.

카코 〉 렌을 싫어하게 될 리가 없어. 매일 렌에게서 오는 메시지만이 즐거움이니까.

렌 〉 고마워.

렌 〉 나도……, 하나코한테서 오는 메시지가 생명선이라고 느껴.

——생명선.

그 대사에 하나코는 마음이 강하게 떨렸다.

어째서 이렇게나 서로 말이 통하는 걸까. 마음과 마음이 전파로 이어져 있는 것만 같다.

카코 〉 굉장해. 나도 전에 같은 생각을 했었어. 렌과 주고받는 메시지는 생명선이라고.

렌 〉 생명선이라고 어제 하나코가 말했잖아. ^^

렌이 보낸 답장에 하나코는 퍼뜩 정신이 들었다.

만난 기억이 없으니, 무슨 말을 했는지 머릿속에 남아

있을 리 없다. 하지만 그건—— 생명선이라는 말은 자신이 아니면 말할 수 없는 대사라는 느낌이 들었다.

하지만 당황하고 있을 틈도 없이, 렌에게서 다음 메시지가 왔고, 하나코의 몸에는 한층 더 큰 충격이 지나갔다.

렌 〉 같이 본 벚꽃, 예뻤지.

나는 렌과 같이 벚꽃을 봤다——?

그때 커다란 스크린에서 영화가 시작되는 것만 같이 하나코의 눈앞에는 벚꽃이 흩날리는 광경이 펼쳐졌다.

여긴…… 어디일까. 핑크색으로 물든 강. 하나코가 본 적 없는 경치였다.

렌이 텔레파시로 보내고 있는 걸까. 그런 생각이 진지하게 들 정도로, 하나코의 머리에 떠오른 광경은 정말이지 생생했다.

그때 커튼 틈새로 해가 떠오르며 방이 단숨에 밝아졌다.

또 아침이 와 버렸다. 하나코는 깊은 밤이 계속 이어지면 좋을 텐데, 하고 생각했다. 한밤중은 모두가 잠들어 있다. 그러니 외톨이라도 외롭지 않다.

하나코는 살며시 커튼을 걷었다. 창 너머에서는 지는 벚꽃이 아침 햇살을 받으며 하늘하늘 떨어지고 있었다. 마치 비처럼.

문득 하나코는 그 꽃비 속을 달려 보고 싶다고 생각했다.

하지만 한순간, 바깥에 나가는 생각을 한 것으로 졸업식 날로 돌아간 느낌이 들어, 다리가 움츠러든다.

이런 자신이 렌과 같이 벚꽃을 봤다니, 그런 일은 있을 수 없다—.

하나코는 한숨을 내쉬었다.

렌은 대체— 누구와 만난 것일까.

정말로 나와 만난 걸까.

만났다고 한다면, 어째서 나를 싫어하게 되지 않은 걸까.

하나코는 전혀 알 수가 없었다.

* * *

"……."

"……."

두 번째(현실 세계에서는 처음인) 자기소개를 끝낸 뒤 미소 짓는 카코를 앞에 두고, 나는 어째서인지 가만히 멈춰 서고 말았다.

이 여자애는 정말로 카코인 걸까? 은둔형 외톨이라는 여자애가 이렇게나 세련되게 차려입고 왔다는 것에 위화감을 느끼고 말았다. 방에 틀어박혀 있다는 말은 거짓말인 걸까. 그런 의문이 든 것은 카코가 평범—하다기보다는, 상당히 귀여운 여자애였기 때문이다.

"저기, 이제부터 어떻게 할까……."

직립 부동자세인 나를 보고 카코가 난처한 듯이 중얼거렸다.

그러고 보니 카코를 만나는 것만 생각하느라, 어디로 갈지조차 알아보지 않았다. 이런 건 보통 먼저 만나자고 제안한 쪽이 계획해야 하는 것을 잊고 말았다.

"아, 그게…… 괜찮으면, 벚꽃 보러 가지 않겠어?"

나는 순간적으로 그렇게 말했다. 이 무렵 Instagram에서 매일같이 봤던 친구들의 글을 떠올렸기 때문이다.

그러자 카코는 호들갑스러울 정도로 기쁜 듯이 고개를 끄덕였다.

"응, 좋아! 나, 렌이랑 벚꽃을 보고 싶다고 생각했었어."

"그럼 잠깐 장소를 알아볼 테니까, 5분만 기다려 줄 수 있을까?"

"응. 전혀 문제없어. 그보다 나도 알아보고 오면 좋았을 걸 그랬네. 미안해."

"아니, 말을 꺼낸 건 이쪽이니까 신경 쓰지 마."

나는 서둘러서 주머니에서 스마트폰을 꺼내 【교토 벚꽃 명소】를 검색했다. 표시된 검색 결과 중, 눈에 띈 것은 '철학의 길'이라는 장소였다.

"저기…… 철학의 길이라는 곳 가본 적 있어?"

"아니, 없는 것 같아."

카코는 조금 생각하고 나서 그렇게 말했다.

"그럼 여기 가볼까? 교토역에서 버스로 40분 정도래."

"응. 알아봐 줘서 고마워."

그러고 나서 아직은 어색한 분위기 속, 교토역 정류장에서 5계통* 버스에 올라탔다.

철학의 길은 은각사 쪽에서 오카자키라는 장소 근처까지 가늘고 길게 이어져 있어, 6월이 되면 반딧불이가 나타난다며 유명해진 냇가에 있다.

이 시기는 길가에 나란히 늘어선 만개한 벚나무들로부터 떨어지는 무수한 꽃잎이 개울 위에 떨어져 흘러가, 개울은 단번에 사랑에 빠진 것처럼 분홍빛으로 물든다. 검

* 정식 명칭은 5호계통. 교토시에서 운영하는 공영 버스 노선.

색한 블로그에는 그렇게 쓰여 있었다.

그리고 눈 앞에 펼쳐진 광경은 그 블로그의 글대로였다.

“와아— 예쁘다.”

개울 위를 흘러가는 꽃잎들을 바라보며 카코는 들뜬 목소리로 말했다.

“응, 예쁘네.”

나는 담백하게 중얼거렸다. 끝을 맞이한 꽃잎은 이제 쓰레기에 지나지 않을 텐데 어째서 이렇게나 아름답고, 보는 이들에게 희망마저 선사하는 것일까.

“응. 이렇게나 아름다운 경치는 처음 봤어.”

카코는 빙글 돌아서 나를 올려다보며 미소 지은 뒤 말했다. 카코의 키는 175cm인 나보다 10cm 작은 정도일까. 상상했던 것보다도 키가 크다.

그건 그렇고, 문자만으로 이어져 있던 상대가 눈앞에 있다는 건 신기한 현상이다.

하지만 어째서인지 처음 만났는데도 처음 만난 느낌이 들지 않는다. 매일같이 대화를 주고받았기 때문일까. 현실과 비현실이 뒤섞인 듯한 묘한 감각이다.

눈앞에 있는 것은— 정말로 카코일까. 아직도 믿기지 않는 것은 카코의 모습이 내가 마음속으로 만들어 낸 카코의 모습 그 이상이기 때문일지도 모른다.

"어쩐지, 이렇게 걷고 있는 게 신기하네."

냇가를 걸으며 카코가 중얼거렸다.

"응, 나도 그렇게 생각했어."

"하지만 왠지 처음 만났다는 느낌이 안 들어. 그렇게 느끼는 건 나만의 착각이겠지만……."

"아니, 나도 마찬가지야. 처음 만난 느낌이 들지 않아. 신기할 정도로."

"정말? 그건 요 1년간 줄곧 서로 말을 주고받았기 때문일까? 단순한 문자지만 나한테는…… 생명선이었으니까."

카코가 아직 피어 있는 벚꽃을 황홀하게 올려다보면서 말했다.

—생명선.

그건, 어떤 의미일까.

"아, 고양이다."

제대로 대답하지 못한 채 벚꽃이 떨어지는 길을 걷고 있자, 카코는 길가의 돌 벤치에서 기분 좋게 털을 다듬고 있는 고양이에게 달려갔다. 녹이 슨 듯한 무늬를 지닌, 그다지 예쁘다고는 하기 어려운 고양이다.

"저기 렌, 알고 있어? 사비네코*는 말이야, 자기가 그다지 귀엽지 않다는 걸 알고 있어서 엄청나게 영리해. 다른 예쁜 고양이보다도 영리해. 그래서 나는 사비네코가 제일 좋아."

카코는 고양이 머리를 부드럽게 쓰다듬었다. 고양이는 기쁜 듯 눈을 가늘게 떴다.

"카코는 고양이를 좋아해?"

"응. 고양이를 제일 좋아해. 기른 적은 없지만. 그래도 고양이뿐만이 아니라, 동물은 다 좋아해. 동물은 누군가의 험담을 하거나 하지 않잖아."

그렇게 말한 카코의 눈은 서글퍼 보였다.

어째서 그런 눈을 하는 건지 몹시 신경 쓰였다. 매일 연락을 주고받는 사이, 나는 어느샌가 카코의 모든 것을 알고 있다는 착각에 빠져 있었던 것일지 모른다. 하지만 실제로는 아무것도 모르는 것이다.

이렇게나 귀여운 여자애가 어째서 방에 틀어박히게 된 걸까. 신경 쓰이지만, 너무 파고드는 질문은 할 수 없었다. 메시지^여느 때^처럼 말을 주고받는 것이 고작이었다.

* 검은색과 빨간색이 섞인 털을 지닌 고양이.

"렌은, 동물 싫어해?"

카코가 내 얼굴을 들여다보면서 물었다.

"아니, 좋아해. 옛날에 개를 키웠어."

바론은 부모님이 결혼하기 전부터 어머니가 키웠던 개였다. 견종은 골든 리트리버. 데려온 날에 금요 로드쇼*에서 「귀를 기울이면」이 방영되고 있었기에 바론이 되었다고 한다. 그건 고양이인데. 부모님 두 분 모두 이름을 짓는 데 관해서는 대충이었던 모양이다.

그런 거야 어쨌건, 나와 바론은 항상 함께였다. 같은 이불에서 잠들고, 밥을 먹고, 매일 같이 놀았다. 바론도 원래 주인이었던 어머니가 죽어서 쓸쓸했던 것인지, 어렸던 나를 돌봐 주려는 것처럼 내 곁에만 있어 주었다.

정말로 영리한 개였다. 내가 "쭉 같이 있자."라고 말하면, 바론은 항상 기쁜 듯이 끄응, 하고 울었다.

하지만 내가 중학생이 될 무렵에는 이미 완전히 할아버지가 되어 있었다.

그러니— 죽는 것은 피할 수 없는 일이었다.

4월 1일, 그날은 내 13살 생일이었다. 개학식 날, 학교에서 돌아왔더니 항상 같이 잠들었던 내 침대 위에서 바

---

* 명작 영화, 드라마 등을 방송해 주는 일본의 TV 프로그램.

론이 움직이지 않게 되어 버렸다.

이런 날이 올 것이란 걸 몰랐다. 생각한 적도 없었다. 그래서 눈앞에 바론이 죽어 있다니, 거짓말이라고 생각했다.

하지만 몇 번이나 말을 걸어도 바론은 대답해 주지 않았다.

나는 그날, 점점 차가운 덩어리가 되어 가는 바론을 계속 끌어안고 있었다. 온몸의 수분이 사라지는 것이 아닐까 싶을 정도로 눈물이 멈추지 않았다.

내가 태어나버린 세계는 어쩌면 이렇게 잔혹한 것일까. 그렇게 생각하지 않을 수 없었다.

그 무렵부터 뭘 하든 아무것도 느낄 수 없었다. 세상의 모든 것이 퇴색되고, 즐겁지 않아서 웃을 수 없었다. 게임을 하는 시간이 길어졌다. 게임을 하는 도중만큼은 무심해질 수 있다. 아무것도 생각하지 않고 그 세계에만 몰두할 수 있었다.

아버지는 비정상적으로 말수가 없어진 나를 걱정한 것인지 '강아지라도 보러 갈까.' 그렇게 권해 주었지만, 나는 '괜찮아요.'라며 웃었다. 괜찮지 않았지만, 새로운 개를 키울 마음은 들지 않았다. 새로운 개는 바론이 아니다. 바론을 대신할 수 있는 건 어디에도 없었다.

"개도 귀엽지. 이름이 뭐였어?"

내가 옛날에, 라고 말했기 때문이리라. 카코는 바론이 이제 없다는 것을 알아차리고 그렇게 물었다.

"바론."

대답했을 때, 어째서인지 눈물이 흘러넘칠 것만 같았다. 귀에 바론의 울음소리가 되살아난다. 그 이름을 목소리로 내서 부른 것은 몇 년 만이었을까. 바론에 관해서는 아무한테도 이야기한 적이 없었다. 아니, 그렇다기보다 줄곧 가슴속에 묻어두고 있었다. 떠올리지 않도록 하고 있었다. 그날의 일은 너무나도 괴로우니까.

"무척 좋은 이름이네."

카코는 미소 지었다.

"그러고 보니 카코는 영화 중에서 「귀를 기울이면」을 제일 좋아했던가?"

떠올리고 만 과거를 덮어씌우려는 것처럼, 조금 어색하게 연기하는 투의 목소리로 물었다.

"아…… 저기, 그러네. 제일 좋아해. 하지만 그거와는 상관없이 정말로 영리해 보이는 좋은 이름이라고 생각했어."

카코는 어쩐지 분명치 못한 투로 대답했다.

"영리한 개였어. 정말로."

"많이 좋아했구나."

"응. 그렇지만 바론이 없어지고 나서는……, 아무것도 좋아할 수 없게 됐어. 감정을 잃어버린 것 같아."

방금 만난 참인 카코한테— 어째서 이런 이야기를 하고 있는 걸까. 모두에게 숨겨 왔던 것을. 하지만 메시지를 주고받고 있을 때도 그랬다. 카코에게는 이야기하고 만다. 나와 마찬가지로 깊은 밤 속에 있는 카코라면 받아들여 줄 거라고 마음속 어딘가에서 믿고 있기 때문일까.

"그렇지 않아. 렌은 분명 남들보다 훨씬 사랑이 깊어서 그래. 그러니까 계속 슬픈 거야."

카코는 그렇게 말했다.

그 말에 마음이 붙잡힌 느낌이 들었다.

지금까지 내가 사랑이 깊은 인간이라고 생각한 적도 없었다.

"아, 뭔가 다 안다는 듯이 말해 버려서, 미안해."

멍해져서 무심코 입을 다물고 있었더니, 카코는 황급히 덧붙였다.

"어? 아니야……. 그런 식으로 생각한 적이 없었으니까."

나는 줄곧 나 자신을 차가운 인간이라고 생각하고 있었다.

하지만 몇 년이나 지난 일에 이렇게까지 아픔을 느끼고 있는 건, 슬퍼하고 싶지 않다고 생각하는 건, 카코가 말해준 것처럼 사랑이 깊기 때문이었던 걸까.

모르겠다. 하지만 내가 사랑이 깊은 인간이라니, 그런 식으로는 생각할 수 없다.

"그리고 말이야, 렌이 보내주는 메시지는 따뜻해. 언제나…… 나에게 즐거움을 줘."

"나도 카코가 보내주는 메시지, 언제나 기대하고 있어."

"정말? 고마워."

방에 틀어박혀 있다는 게 거짓말처럼, 카코가 환하게 웃었다.

역시 나는 속고 있는 걸까. 하지만 현실 세계에서 카코가 하는 말은 언제나 메시지를 보내주는 카코와 다를 게 없는 것처럼 느껴진다. 하지만 어딘가— 무언가가 다른 느낌이 드는 것은 인터넷 세계에서 알게 된 사람과 현실에서 만났을 때 생기는 정도의 위화감이리라.

카코가 어루만지는 손길에 만족한 듯한 사비네코에게 작별 인사를 하고, 우리는 벚나무가 늘어선 가로수길 밑을 또다시 걷기 시작했다. 우리 둘 다 어느샌가 긴장은 풀려 있었다.

어느 정도 걸었을까. 이제 슬슬 벚나무길이 끝날 무렵, 카코가 조금 심각해 보이는 표정으로 멈춰 섰다.

"……있지, 렌. 하나 말하고 싶은 게 있어."

"뭔데?"

무슨 말을 듣게 될까. 조금 긴장했다.

"나 말이야……, 내 이름… 사실은…… 하나코라고 해."

하나코—. 그 이름을 듣는 순간, 카코에게 딱 맞는 이름이라고 생각했다.

그도 그럴 것이 카코와 만났을 때, 눈앞에 무수한 꽃이 피어 있었다. 꽃 같은 여자애라고 생각했다.

그리고 나는 처음으로 누군가를 좋아하게 되었다.

카코가 상상했던 것 이상의 여자애였으니까—?

지금까지 귀여운 여자애한테 고백을 받아도 마음이 흔들린 적은 없었다. 기억에 남아 있는 건 떨리는 손으로 초콜릿과 편지를 건네준 그 애뿐이다.

어쩌면…… —나는 만나기 전부터 카코를 좋아했던 것일까.

문자를 주고받은 것만으로 누군가를 좋아하게 될 수 있는 건가. 모르겠다. 하지만 매일 메시지를 주고받지 않았더라면— 카코와 거리에서 엇갈렸을 뿐이라면— 과연 나는 한순간에, 한눈에 알아본 것만으로 카코를 좋아하게 되었을까.

"카코한테 딱 맞는 좋은 이름이라고 생각해."

이 감정에 아직은 망설임을 느끼며, 나는 대답했다.

"고마워. 나도 이 이름 정말 좋아해."

카코는 또다시 꽃이 피는 것처럼, 정말로 기쁜 듯이 미소 지었다.

아르바이트 시간 때문에 밤이 되기 전에 카코와 헤어졌다.

카코와 만났던 시간은 너무나도 눈 깜짝할 사이에 지나가서 아직 현실감이 없었지만, 카코를 처음 본 순간, 좋아한다고 느꼈던 마음만은 신칸센에 탄 이후에도 선명하게 남아 있었다.

교토역에서 2시간 30분, 시나가와역에 도착하여 여느 때와 같이 사람으로 북적이는 광경을 보자, 단숨에 현실로 돌아왔다.

바로 조금 전까지 카코와 만나고 있었던 시간은 꿈이었던 걸까— 그런 기분이 든다.

이 역에는 매일 3백만 명이나 되는 사람이 오간다고 한다.

수많은 사람 속에서, 운명 같은 건 느낄 수 없게 되어 있는 듯하다. 오가는 사람들은 숲을 이루고, 나는 나무들이 다 사라져 버리면 좋을 텐데, 하고 생각할 때도 있다.

인파 한가운데에 멈춰 서서, 걸치고 있던 회색 파카 주머니 속 스마트폰을 꺼냈다.

헤어질 때, 카코는 교토역까지 배웅해 주며 '돌아가면 메시지 보낼게.' 그렇게 말해 주었다. 분명 나보다 빨리 집에 도착했을 텐데, 카코의 메시지는 아직 와 있지 않다. 고작 그뿐인 일로, 가슴이 술렁이는 것은 어째서일까.

렌 〉 오늘 와 줘서 고마워. 꿈을 꾸고 있는 것 같았어.

렌 〉 아직 카코와 만났다는 현실감이 없어.

메시지를 보낸 후에야 퍼뜩 떠올렸다.

그러고 보니 카코는 내게 진짜 이름을 가르쳐 주었다.

하나코— 라고.

그렇게 불러야 할지도 모른다. 카코는 그렇게 불러 주었으면 하니까 본명을 말한 것일지도 모른다. 게다가 나는 닉네임과 본명이 같으니까 진짜 이름을 말하지도 않았다.

렌 〉 아, 혹시 괜찮으면 '하나코'라고 불러도 돼?

렌 〉 나도 '렌(蓮)'이라고 불러. 한자로 쓴 것뿐이지만.

메시지를 다 보내고, 야마노테선 승차장으로 내려갔다. 통근 시간대는 아닌데도 여느 때보다 사람이 붐비고 있다.

승차장에는 사람이 말하고 있는 것인데도 어딘가 기계적인 안내음이 반복해서 흘러나오고 있었다.

XX역에서 투신 사고 발생으로 열차가 지연되고 있습니다—

전광 게시판에 의하면 벌써 20분 정도 멈춰 있는 듯했다.

"아, 지루해."

"죽을 거면 다른 장소에서 폐 끼치지 말고 죽으라고."

승차장에는 인터넷상의 발언 같은 중얼거림이 태연하게 오갔다.

뛰어든 사람은 무슨 생각으로 이런 곳에서 죽으려 한 것일까. 폐를 끼치고 싶었던 걸까. 자신의 존재를 알아주었으면 했던 걸까. 그게 아니라면, 행복해지고 싶었던 것일지도 모른다.

전철이 좀처럼 움직이지 않아서 아르바이트에 30분 정도 늦고 말았지만, 아오모리 양이 점장에게는 비밀로 해준 덕분에 '다음에 뭔가 사주세요~'라며, 농담 섞인 말을 듣는 것으로 그쳤다.

아르바이트 도중에는 엄청난 졸음이 덮쳐 왔다. 어제부터 한숨도 자지 않았으니까 당연했다. 그래도 뭐, 업무에는 완전히 익숙해져 있고 카코와 만났을 때부터 줄곧 꿈을 꾸고 있는 듯했으니까 지장은 없다.

밤은 여느 때와 마찬가지로 뚜껑을 딴 사이다의 탄산이 빠져나가는 것처럼 서서히 밝아 갔다.

근무 중에 나는 빈번하게 스마트폰을 신경 쓰고 있었다. 하지만 아르바이트가 끝나도 카코에게서 메시지는 오지 않았다.

또다시 기원 메일이 올지도 모르고, 그것마저 오지 않을지도 모른다.

문자 할 때는 마음이 맞았는데, 만나 보니 어쩐지 다르더라, 하는 이야기는 항간에 넘쳐난다. 만남 앱으로 엮인 관계는 아니지만, 인터넷 세계에서 만난 것이니 비슷할 것이다. 그리고 어제 들었던 대로, 이우라 씨는 더는 아르바이트에 나오지 않았다.

'너는 친절하네.'

마지막에 이우라 씨는 그렇게 말했다.

하지만 나는— 그날까지 이우라 씨를 43살이나 되어서 아르바이트나 하고 있고, 이런 편의점에서 10년이나 일하고 있는데 무슨 의미로 살고 있는 걸까, 그런 차가운 생각까지 하고 있었다.

분명 마음속 어딘가에서 내가 이우라 씨보다 낫다고, 그렇게 생각하고 싶었던 것이다.

하지만 꽃 이야기를 쓴 이우라 씨는 나 같은 것보다 훨씬 이 세상을 잘 알고 있고, 그리고 아무것도 생각하지 않는 것처럼 보였는데 남들보다 몇 배나 많은 것을 느끼며 살아가고 있었다.

흔히들 사람은 살아있으면 이야기 하나는 써낼 수 있다고 하지만, 나는 아직 아무것도 쓸 수 없다.

"하아……."

그때 나는 퍼뜩 떠올렸다.

그러고 보니— 완전히 잊고 있었다.

카코에게 꽃 이야기에 관해 이야기하고자 했던 것을.

제5화 물점

여긴, 어디일까. 혹시 우주의 끝인 걸까.

덥지도 춥지도 않은 미지근한 온도를 유지하는 다다미 8첩 넓이의 방 안에서, 하나코는 멍하니 생각했다.

나는 매일 이 방에서 뭘 하고 있는 걸까. 뭘 위해서 살아있는 걸까. 뭘 위해서 태어난 걸까.

17살 때부터 계속 생각하고 있는데도, 교토역 대계단의 맨 위에 앉아 누군가가 지어낸 이야기를 읽고 있을 때부터 하나코는 아직까지— 그 답을 알아내지 못하고 있다.

세상은 7월이 되었고, 그 불가사의한 약속으로부터 벌써 석 달이 지났다.

정말로— 렌과 만났던 것일까.

예전과 변함없이 연락은 주고받고 있지만, 하나코는 아직 여우한테 홀린 듯이 불가사의한 감각에 사로잡힌 채다.

렌 〉 오늘 고양이를 봤어. 하나코가 좋아한다고 했던 사비네코. 좋은 하루라고 말을 걸었더니, 냐옹~하고 대답해 주더라. ^^

하지만 그런 하나코의 의심을 풀려는 것처럼, 렌은 가끔 메시지로 이야기한 기억이 없는 말을 했다.

확실히 하나코는 사비네코를 좋아한다. 소설에서 읽었던 기억이 있다. 사비네코는 자기가 귀엽지 않다는 것을 알고 있어서, 귀여움을 받으려는 지혜가 있다고. 어쩜 이리 갸륵할까. 하나코는 감동하여 그 이후로 언젠가 고양이를 기르게 된다면 사비네코가 좋겠다고 생각하고 있었다.

그러나 반복하여 말하지만, 하나코에겐 렌과 만난 기억이 없다. 그날은 깊은 잠결 속에서 졸업식 날의 악몽을 꾸고 있었던 기억밖에 없다.

그런데도 그 이후로 렌과 메시지를 주고받고 있으면 정말로 렌과 대화를 하고 있는 듯한 감각에 빠질 때가 있었다. 그리고 때때로, 들은 적도 없는데 렌의 부드러운 목소리가 나뭇잎에서 떨어지는 빗물처럼 문득 귓속에 떨어졌다.

어렴풋하기는 하지만, 이게 정말로 렌의 목소리라면 하나코는 렌의 목소리를 정말로 좋아한다고 느꼈다.

나는 어떤 목소리로 이야기하고 있었을까.

하나코는 자신의 목소리를 잘 떠올릴 수 없었다.

졸업식 날부터— 오로지 혼자였고, 방 안에서조차 목소리를 내지 않았다.

밝지 않은 깊은 밤 속에서, 하나코는 일과가 된 flower story를 켰다.

게임을 잘하는 건 아니지만, 이 게임은 단순 작업이니까 어렵지 않다. 오히려 너무 단순해서 지겨워질 정도다. 설치하고 나서 1년 정도 지나니 아바타에 입힐 옷은 점점 늘어 갔다.

로그인 보너스로 조릿대 꾸러미와 탄자쿠*를 받았다. 수확하면 직녀&견우 세트를 받을 수 있는 모양이다.

아아 그렇구나, 하고 하나코는 알아차렸다.

내일은 칠석이다.

하나코는 일단 홈 화면으로 돌아가 일기예보 앱을 열었다. 내일 교토는 밤부터 비가 내린다는 예보가 떠 있었다. 칠석은 우주에 길게 이어져 있는 은하수를 건너 직녀와 견우가 1년에 한 번 만나는 날이라고 전해진다.

옛날이야기지만, 어릴 적에는 1년에 한 번밖에 만날 수

* 칠석날에 소원을 적어 조릿대에 다는 종이.

없는데 비가 내리면 그 만남도 이루어지지 않는다고 들어서 칠석날에 비가 내리면 언제나 슬퍼졌었다.

하지만 과연— 1년이라는 시간은 긴 것일까.

방에 틀어박혀 있으니 시간 감각이 희미해져 가고, 1년 같은 건 눈 깜짝할 사이에 지나간다.

시간은 평등할 터인데, 성인이 되자마자 점점 빨라지는 느낌이 든다. 죽고 싶다고 바라지 않더라도, 눈 깜짝할 사이에 죽을지도 모른다는 생각이 든다.

하지만 하나코는 지금은 죽고 싶다고 생각하지 않는다. 생각하지 않게 되었다. 렌이 보내주는 메시지만 있으면, 언제까지나 이 방 안에서 살아갈 수 있을 것 같은 느낌이 든다.

하나코는 다시 한번 flower story를 열어 메시지 항목을 터치했다. 맨 위에 렌의 이름이 있었다. 아니, 애초에 렌의 이름밖에 없다. 아무런 내용 없이 친구 신청이 온 게 몇 건 있기는 했지만 승인하지 않았다. 친구는 이제 렌으로 충분했다.

카코 〉 내일은 칠석이네. 렌은 탄자쿠에 뭐라고 쓸 거야?

하나코는 메시지를 보낸 뒤에, 자신은— 무슨 소원을 쓸 것인가 생각했다.

……렌을, 만나 보고 싶어.

렌의 목소리를 들어 보고 싶다. 렌이 어떤 남자인지 알고 싶다는 생각이 든다. 그건 렌이 (기억은 없지만) 현실에서 만난 뒤에도 자신을 싫어하게 되지 않았기 때문일 것이다.

하지만 역시 꿈만 같은 일이다.

왜냐면 이 방에서 나가는 것은 불가능하다. 현관에 선 것만으로도 눈앞에 블랙홀이 펼쳐진다. 단숨에 거기에 빨려 들어가고 만다.

—기분 나쁘다고.

몇 번이고 되살아난다. 그날의 말이 머리에 들러붙어서 지워지지 않는다.

"하아……."

우울한 기분으로 하나코는 여느 때처럼 게임 미션을 완수해 나간다. 미션 세 개를 완수하면 머니머니를 받을 수 있다.

열심히 꾸민 아바타도 이 4.7inch 화면 밖으로 나갈 수 없다.

카코도, 하나코도, 어디에도 갈 수 없다—.

한 시간 정도가 지났을 무렵, 한숨이 가득 찬 방에 알림음이 울려 퍼졌다.

렌 〉 하나코를 만나고 싶다고 쓸 거야.

그 순간, 하나코는 온몸이 두근거림에 지배당하는 것을 느꼈다. 심장이 꽉 죄어든다. 누군가의 손에 붙잡힌 것처럼. 강하게.

* * *

7월, 가게 안에는 장마에서 막 벗어난, 아직 습한 공기가 감돌고 있다.

그 뒤로 이우라 씨를 대신하여 새로운 심야 아르바이트로 들어온 쿠보라는 청년은 21살의 대학생이다. 아마추어 밴드에서 보컬을 담당하고 있어서인지 언제나 내가 모르는 멜로디를 흥얼거리고 있다.

"쿠보 군은 졸업하면 어떻게 할 거야?"

손님도 끊기는 시간대. 둘이서 신상품 컵라면을 위한 진열대를 만들면서 넌지시 질문을 던졌다.

"딱히 정해지지는 않았습다. 저는 음악을 할 수 있으면 그걸로 충분해서 말임다."

그런 삶의 방식도 있구나, 하고 생각하는 한편으로 나와 다르다고 느끼는 건 나에겐 아무런 삶의 목적이 없기 때문일 것이다.

같은 편의점에서 일하고 있어도, 꿈이나 좋아하는 것을 위해 살아가고 있는 아오모리 양이나 쿠보 군과 비교하면 나는 그저 무의미하게 숨을 쉬고 있을 뿐이다.

아무것도 되지 못한 채. 무엇이 되고 싶은지도 알지 못한 채.

자고 있어도 일하고 있어도, 시간은 용서 없이 흘러간다. 나이를 먹을수록 시간이 지나는 속도는 믿기지 않을 정도로 빨라서, 점점 죽음에 가까워져 간다는 것을 알 수 있다.

이전의 나는 빨리 죽음에 도달하고 싶다고 생각했다.

하지만 지금 신기할 정도로 그렇게 생각하지 않게 된 것은, 카코와 만났기 때문일 것이다.

요새는 뭘 하고 있어도 하나코에 관한 것만 생각하고 있다. 메시지를 이전보다도 더 애타게 기다리게 되었다.

아직 꽃 이야기에 관한 것은 전하지 못했다. 그것만큼은 직접 말해야 할 것 같은 느낌이 든다. 뭐, 그런 건 표면적인 이유일 뿐이고 실제로는 그저 하나코가 어떤 반응을 할지 이 눈으로 보고 싶은 것뿐일지도 모른다.

"먼저 휴식 들어가겠습다—."

쿠보 군이 콧노래를 흥얼거리며 스태프 방으로 들어갔다. 고막에 깊이 스며든 그 멜로디는 어쩐지 좋은 곡이었다.

손님도 오지 않는, 마치 세상에서 오로지 혼자만 살아남아 버린 듯 쓸쓸한 가게 안에서 나는 스마트폰을 꺼내 flower story를 열었다.

로그인 보너스는 조릿대 꾸러미와 탄자쿠. 그렇구나, 오늘이 칠석이라는 사실을 떠올렸다. 메시지 화면으로 이동하자 하나코가 보낸 메시지가 와 있었다.

카코 〉 내일은 칠석이네. 렌은 탄자쿠에 뭐라고 쓸 거야?

가슴이 지나치게 두근거린 것은 쓰고 싶은 말이 순간적으로 떠올랐기 때문이다.

요 3개월 동안 몰래 교토로 가기 위한 교통비를 모았다.

카코와 처음 **만났던** 그날, 오랜만에 살아있다는 느낌이 들었다. 하지만 한편으로는 옆에 하나코가 실재했던 것이 게임처럼 비현실적으로 느껴졌다. 긴장했던 것도 있고, 교토에 익숙하지 않았기 때문일지 모르지만, 평소와는 세상이 너무나도 달라서 그곳이 현실인지 알 수 없었다.

그래서 다시 한번 교토에 가서 하나코를 만나고, 가슴을 쑤셔 오는 이 기분이 진짜인지 확인하고 싶었다.

하지만 하나코는 절대로 먼저 나와 만났을 때의 이야기를 하지 않는다. 오히려 만났을 때의 이야기를 피하고 있는 것처럼 보였다. 그러니 나만이 또 만나고 싶다고 느끼고 있을 가능성이 더 크고, 만나자는 말을 꺼내도 거절당할지도 모른다.

하지만 깊은 밤에는 말이나 감정을 속이지 못하게 하는 불가사의한 힘이 있는 듯하다. 나는 심장이 크게 두근거리면서도 망설임 없이 소원을 써나갔다.

렌 〉 하나코를 만나고 싶다고 쓸 거야.

* * *

카코 〉 나도 그렇게 쓰려고 생각했었어.

그 후에 하나코한테서 30분도 채 지나지 않아 대답이 돌아왔다. 하나코도 그런 식으로 느끼고 있었다니, 의외였다.

야근이 끝난 후, 조금 잠든 뒤 신칸센에 올라타고, 3개월 만에 교토역에 내려섰다.

만나는 건 이전과 같은 장소에서 12시에.

에스컬레이터를 이어 타고 약속 장소에 도착하자, 하나코가 서 있었다. 아직 나를 알아채지 못하고 있다. 종 앞에서 손거울을 들여다보고 있다. 하나코의 존재를 시야에 넣는 것만으로도, 어찌할 도리 없이 가슴이 떨린다. 그리고 단번에 현실에서 비현실 세계로 이끌려 들어가는 듯한 감각이 덮쳐 왔다.

"안녕."

살며시 다가가 말을 걸자, 하나코는 서둘러 손거울을 가방 안에 집어넣고 내게 달려왔다. 소매 부분이 비쳐 시원해 보이는 긴소매 상의와 정강이 길이의 우아한 검은 튤 스커트. 그 차림은 역시 은둔형 외톨이라고는 믿기지 않을 정도로 세련된 여자 아이이다.

"안녕."

하나코는 방긋 미소 지으며 손을 얼굴 옆으로 올렸다. 햇볕을 쬐지 않기 때문인지, 속이 비칠 듯이 투명한 흰 피부를 지니고 있다. 이 손으로 언제나 내게 메시지를 보내 준다고 상상하니, 간지러운 기분이 솟아났다.

"또 만나자고 말해 줘서, 고마워."

"나야말로 와 줘서 고마워. 갑작스러웠는데 괜찮았어?"

"응. 그편이 다행이야."

"어?"

"왜냐면 전부터 약속했으면 긴장했을 테니까."

"확실히."

나는 고개를 끄덕였다. 요전처럼 밤샘 근무는 하지 않았지만, 오늘도 몇 시간밖에 못 자고 교토로 왔기 때문에 아직 꿈의 뒤 내용을 꾸고 있는 듯한 몽롱함 속에서 긴장이 누그러지는 부분이 있었다.

게다가 며칠 전부터 만남을 약속하는 건 어쩐지 망설이게 된다. 만나고 싶다고 생각한 날 충동적으로 만나는 게 나와 하나코에게 더 어울리는 느낌이 들었다.

"오늘은 갈 곳 제대로 생각해 왔어."

신칸센 안에서 검색한 것뿐이지만, 요전보다는 데이트(이걸 데이트라고 불러도 괜찮은 것인지는 모르겠지만)다운 코스였다.

"와아, 기뻐. 어디로 갈 거야?"

"도착할 때까지 비밀."

"기대되네."

하나코는 조금 놀란 뒤, 벚꽃색 립글로스가 칠해진 입술을 반들반들하게 빛내며 부드럽게 미소 지었다.

교토역에서 전철을 이어 타고 목적지로 향했다. 비밀이라고 말했지만, 역에 도착하면 어디로 가는 건지는 금방 들통나고 말 것이다.

"오늘은 비가 안 내리면 좋겠네."

한 시간 정도 지나 목적지 역— 키부네구치 역에 도착하고, 하나코가 조금 구름이 낀 하늘을 올려다보며 중얼거렸다.

7월 7일.* 오늘은 직녀와 견우가 1년에 한 번 만나는 날이라고 전해진다. 비가 내리면 만나지 못하게 된다는 말이 있기에 하나코는 그렇게 말한 것이리라.

"그러게."

나는 고개를 끄덕였다.

확실히 칠석날에 비가 내리면 어쩐지 안타까운 기분이 든다.

하지만 그런 건 미신이고, 견우와 직녀 같은 건 존재하지 않는다. 하지만 수많은 사람이 그 존재를 믿고 있다면, 그건 존재하는 것이나 마찬가지다.

---

* 일본은 음력을 폐지하였기에 칠석날은 양력 7월 7일이다.

나는 확실히 존재하고 있지만, 나를 아는 사람의 수는 백 명도 채 되지 않고, 많은 사람에게 있어선 나는 이 세계에 존재하지 않는 것과 다를 바가 없다.

칠석날에만 떠올려진다고 하더라도, 많은 사람에게는 가공의 인물이 나보다 훨씬 더 분명하게 존재하고 있고, 그건 실제 세계보다 인터넷 세계 쪽이 현실에 가까워지는 모습과 비슷하다고 생각했다.

목적지 역에 도착하여 잠시 걷자, 몇 시간 전에 인터넷으로 조사한 경치가 시야에 들어왔다. 푸르게 우거진 신록 속에 석조 계단이 이어지고, 계단 양옆으로는 빨간 가로등이 줄지어 있다.

이것이 키후네 신사의 입구다.

"도착했어. 하나코는 키후네 신사 알고 있었지?"

"응. 하지만 와본 적은 없어. 실제로 보니까 어쩐지 신비로운 느낌이네……."

하나코는 넋을 잃고 눈앞의 광경을 바라보며 중얼거렸다.

【교토 데이트 여름】

그 세 개의 키워드로 검색하니 키후네 신사가 나왔다.

여름은 이제 막 시작된 참이라 그리 덥지는 않지만, 이곳은 교토의 북쪽에 위치해 한여름이라도 약간 시원하다고 한다.

"인연을 맺어주는 곳으로도 유명하다는 것 같아."

나는 그렇게 말했다. 딱히 깊은 의미가 아니라, 그저 정보로서 말한 것이다. 애초에 신 같은 건 믿지 않는다. 신이 있다면 어머니는 죽지 않았을 테고, 아무도 투신자살 같은 건 하지 않을 것이다.

"그럼, 우리 둘에 관한 걸 빌어야겠네."

하나코가 불쑥 중얼거렸다. 그 목소리는 뭔가 진지해서, 나는 흠칫 놀랐다. 그도 그럴 것이, 우리 둘에 관한 걸 빌어야겠다는 말은 무슨 의미일까. 고백으로도 받아들일 수 있는 발언에 착각 사고가 멋대로 빙빙 돈다.

옆에 있는 하나코는 가방에서 스마트폰을 꺼내더니 카메라를 켜고 풍경을 찰칵 촬영했다.

"혹시 인스타 같은 거 해?"

의외의 행동에 나도 모르게 물어봤다.

"아니, 안 해. 렌은 해?"

"음, 하고는…… 있는데 최근에는 전혀 사진 안 올리고 있어."

반복하는 것 같지만, 대학을 졸업하고 나서 더는 Instagram에 사진을 올리고 있지 않다. 인터넷 안에서조차 내 시간은 멈춰 있다. 게다가— 이 사람이고 저 사람이고 자신의 모든 것을 확산시키는 모습은 어쩐지 추하다는 느낌이 들었다.

하지만 이렇게, 지금까지 본 적이 없는 경치를 보게 되면 그 광경을 누군가에게 보여 주고 싶어지는 마음은 조금 이해가 됐다.

"그렇구나. 나도 언젠가 바깥에 나갈 수 있게 되면 인스타 해보고 싶네."

"지금, 바깥에 나와 있다고 생각하는데."

하나코의 천연덕스러운 발언에 나는 조금 웃었다.

"아, 맞네. 그렇지만 어쩐지 렌과 만나고 있을 때는 꿈속에 있는 것 같거든."

하나코는 조금 부끄러운 듯한 표정을 지은 뒤, 그렇게 말했다.

"뭔지 알 것 같아. 현실이 아닌 것 같은 느낌이 들어."

"맞아. 그래서 찍어 두고 싶었어, 사진을. 그렇게 하면 돌아가고 나서도 현실이라는 걸 확인할 수 있을테니까."

같은 생각을 하고 있었구나. 나 역시 오늘 하나코를 만나러 온 것은 하나코라는 존재가 현실인지를 확인하기 위해서라고 해도 과언이 아니다.

"그럼 나도 찍어 둘까."

"응."

그런 이유로, 하나코의 모습도 같이 찍고 싶어. 그렇게 말하고 싶었지만, 어쩐지 쑥스러워서 말하지 못한 채 나는 하나코와 같은 각도로 풍경 사진을 찍었다.

그리고 돌계단을 한 단씩 올라갔다.

물의 신을 모시고 있다고 하는 키후네 신사 경내에는 커다란 조릿대가 몇 개인가 놓여 있었다. 조릿대에는 하늘색, 노란색, 분홍색의 세 가지 색깔 탄자쿠가 몇백 장이나 매달려서, 반짝이는 장식들과 함께 바람에 흔들리고 있었다. 인터넷으로 얻은 정보에 의하면 오늘은 물 축제가 개최된다고 해서, 밤이 되면 점등 행사도 이루어진다고 한다.

우리는 우선 들어가면 곧장 있는 테미즈야*에서 몸을 정갈하게 하고자 손을 적셨다.

"탄자쿠 예쁘다. 반짝거려."

하나코는 손을 다 씻은 뒤, 그녀의 복장과는 어울리지 않는 손수건을 꺼냈다. 그리고는 초등학생이 쓸 법한 어

* 신사에서 참배하기 전, 물로 입과 손을 씻는 곳.

린애 같은 캐릭터 손수건으로 손을 닦으며 내게 미소 지어 보였다.

"우리도 쓸까?"

"응, 쓰고 싶어!"

그러고 나서 탄자쿠에 소원을 적는 곳으로 가서 각자 100엔을 낸 뒤 하나코는 분홍색 탄자쿠, 나는 하늘색 탄자쿠를 손에 쥐었다.

『내년에는 렌과 벚꽃을 볼 수 있기를.』

하나코가 그렇게 쓴 것을 보고 나는 "내년에는?"이라고 물었다.

"아, 그러네! 내년에도, 라고 적고 싶었는데."

하나코는 약간 부루퉁해진 표정을 지었다.

"다시 쓸래?"

내가 그렇게 묻자 하나코는 고개를 가로저었다.

"아냐, 종이가 아까우니까 괜찮아. 게다가 틀리지는 않았으니까."

"그런가."

뭐, 확실히 틀리지는 않았다.

"아, 렌은 뭘 쓸 거야?"

"으음…… 글쎄, 뭘 쓸까나."

탄자쿠 같은 건 딱히 진지하게 쓸 필요는 없다. 하지만 대충 적당히 쓰는 것도 뭔가 좀 아니라는 느낌이 들었다. 그나저나, 나는 뭘 원하고 있는 걸까.

어제 하나코를 만나고 싶다고 바란 이 마음을 확인하고 싶었으니까. 하지만 그런 것을 바라는 시점에서 이미 알고 있었다. 처음부터. 하나코와 만나고 싶다고 느꼈던 날부터. 메시지를 주고받을 때마다 스스로도 알아차리지 못하는 사이에, 나는 하나코를 좋아하게 된 것이다.

하지만 깊은 밤 속에서 살아가고 있는 내가 누군가를 좋아하게 될 자격이 있을까.

아무것도 아닌, 내가.

『깊은 밤에서 빠져나온다.』

망설인 끝에 그렇게 적었다.

"멋지네. 나도 항상 같은 걸 바라고 있었어."

하나코가 내 탄자쿠를 들여다보고는 말했다.

4.7inch 화면 속에서, 나는 언제나 하나코의 이런 부분에 상냥함을 느꼈다. 나와 같은 마음이라고— 그렇게 공감해주는 것에.

"옆에다 장식하자."

"그러자."

조릿대에 소원을 담은 탄자쿠를 나란히 매달자, 반짝이는 장식들과 함께 탄자쿠는 하늘하늘 흔들렸다.

그러고 나서 제일 중요한 참배를 하기 위해 경내 안쪽으로 걸어가자, "있지, 저거 뭘까……." 하나코가 신사 사무소 옆에 길게 이어진 냇가를 보고 중얼거렸다.

시선 끝에는 우울해 보이는 외톨이 여자아이가 종이 한 장을 연못에 띄우고 있었다. 우리는 살며시 아이의 곁으로 다가갔다. 그러자 아무것도 적혀 있지 않았던 종이에 글자가 나타났다.

중앙에는 '흉(凶)'이라는 글자가 떠올라 있다.

여자애는 한숨을 내쉬고는 그 종이를 내버려 둔 채 뒤를 돌았다.

그 순간 시선이 마주쳤다. 그 눈은 어딘가 하나코를 닮았다는 느낌이 들었는데, 전혀 패기가 없었다. 그건 그렇고, 저대로 놔두고 간다니 어지간히도 결과가 마음에 들지 않았던 것이리라.

"점괘 제비인 걸까? 재미있어 보여."

연못 위에 여자애가 남기고 간 종이를 보고, 하나코가 중얼거렸다.

"물점 제비라고 하는데, 유명한 것 같아. 우리도 해 볼까?"

하나코도 흥미를 느끼고 있는 것처럼 보여 조금은 자신이 붙은 목소리로 물었다. 실은 오늘, 이 물점 제비가 재미있을 것 같다고 생각해서 이곳에 온 것이었다.

"응. 렌이 먼저 해볼래?"

하지만 예상과는 달리, 하나코는 조금 사양하는 기색으로 말했다.

"알았어."

뭔가 실수한 걸까. 불안을 느끼면서도 나는 신사 사무소에서 아직 아무것도 쓰여 있지 않은 물점 제비 한 장을 받아들었다. 제비에는 검은 테두리와 소원 및 방향과 같은 항목만이 적혀 있다.

"그걸 옆에 있는 미즈우라유니와(水占齋庭)의 신수에 담그면 글자가 떠오른단다."

사무소 아주머니는 그렇게 말했다.

"네, 감사합니다."

신수인가. 알 수 없는 신성함을 느끼며 연못을 바라보고 있는 하나코 옆에 섰다.

"띄워 볼게."

"응."

물 위에 살며시 물점 제비를 내려놓았다. 조금 전의 여자애와 마찬가지로 종이가 물에 젖어 가자, 서서히 글자가 나타나기 시작했다. 중앙에 떠오른 건 대길이었다.

"굉장해, 대길이야!"

하나코가 큰 웃음을 지었다.

제비뽑기는 어렸을 때를 제외하고 뽑아본 적도 없지만, 대길을 뽑은 건 처음이다. 어른스럽지 못하게도 기뻐진다.

"소원, 이루어진대."

하나코가 연못 안을 물끄러미 들여다보고 말했다.

그 말인즉, 조금 전에 탄자쿠에 쓴 것이 이루어진다는 뜻일까.

"이루어질까?"

"이루어져. 반드시."

하나코의 목소리는 어째서인지 확신을 띠고 있었다.

"그럼 다음은 하나코 차례."

나는 말했다.

"나는……, 가지고 돌아갈래."

그러자 하나코는 눈을 내리깔고 그렇게 대답했다.

"뭐?"

"나 말이야, 제비 운이 항상 안 좋아. 그러니까 나쁜 결과가 나와서 충격을 받으면, 모처럼 렌과 있는데 즐거운 마음이 반감되고 마니까. 미안해."

"……그렇구나. 그럼 나중에 다시 결과 알려줘."

나는 미소를 지었다.

"응, 알려줄게."

망설이는 이유도 이해는 되지만, 그렇게까지 거절해야 하는 걸까? 그게 아니면 실은 제비뽑기를 하고 싶지 않아서 완곡하게 에둘러 말하고 있는 걸까? 하지만 그렇다면 어째서 조금 전에 여자애가 남기고 간 제비를 보고 즐거워 보인다는 말을 한 것일까.

"아, 저기, 라무네가 있어!"

하나코는 화제를 돌리려는 듯 손가락으로 라무네를 가리켰다. 냇가 앞에는 라무네가 나란히 놓여 판매되고 있다. 빨간 뚜껑이 달린 라무네. 신수 라무네라고 적혀 있었다.

"목도 마르고, 마실까?"

기분을 전환하고 싶었다. 싫어하는 것을 일부러 강요할 필요는 없다.

"그럼 내가 제비랑 같이 사 올게!"

그리고 나서 하나코는 정말로 가지고 돌아갈 생각인지,

물점 제비 한 장과 라무네 두 병을 사 왔다.

"자!"

"괜찮아?"

"응. 교토까지 와 줘서 고마워. 이런 거로는 전혀 답례가 안 되겠지만 말이야."

"그렇지 않아. 고마워."

내가 미소를 짓자 하나코는 조금 쑥스럽다는 표정을 짓고, 물점 제비를 정성스레 접어 가방 안에 넣은 뒤 라무네를 입에 머금었다.

"와, 맛있어! 렌도 마셔 봐."

라무네는 무척 시원했다. 입안에서 탄산이 터져 간질간질하다.

"응, 맛있네."

나는 그렇게 말했다. 지극히 평범한 라무네 맛이겠지만, 하나코가 맛있다고 해주면 더 특별한 맛처럼 느껴졌다.

2분도 채 되지 않아 다 마셔 버리자, 병 안에서 투명한 구슬이 짤랑짤랑하는 소리를 냈다. 어딘가 그리운 소리였다.

공기가 점차 가라앉기 시작하더니, 차가운 것이 툭 떨어져 콧등을 적셨다.

"……비다."

하늘을 올려다보고 하나코가 슬픈 듯이 중얼거렸다. 직녀와 견우^가공의 인물^가 만나지 못하는 것을 생각한 것이리라.

"1년 같은 건 눈 깜짝할 사이야. 우주 차원에서 본다면 분명."

나는 위로하고자 그렇게 말했다.

"렌은…… 같네. 나랑…… 같은 생각을, 하고 있어."

"어?"

"나랑 렌은, 같으니까, 만나게 된 걸지도 몰라."

하나코는 나를 똑바로 바라보며 말했다.

그때 갑자기 빗줄기가 거세졌다.

"어디 들어갈까? 조금 전에 괜찮은 느낌의 찻집이 있었던 것 같은데."

오늘 밤은 아르바이트가 없으니까 빨리 돌아가지 않아도 된다.

"응…… 가고 싶어…… 하지만, 난 이제 가봐야 해……. 밖에 너무 오래 있으면, 괴로워지니까…… 기껏 교토까지 와줬는데, 미안해."

하나코는 거북한 듯이 눈을 내리깔고 말했다.

"아, 그렇구나…… 나야말로 미안. 그러네. 그럼, 일단 교토역까지 바래다줄게."

나는 황급히 말했다. 하나코가 너무나도 가련한 데다 밝게 웃어 주니까, 안 좋은 일이 있어서 방에 틀어박혀 있다는 사실을 잊고 있었다.

"응, 미안해. 고마워."

그 후, 지면에 강하게 내리치는 빗줄기는 약해지지 않고 한층 거세져 갔다. 키후네역에서 교토역으로 가는 전철 안에서 하나코의 표정은 어쩐지 무겁게 가라앉아 있었다. 빨리 돌아가고 싶은 것인지 말수도 적어졌다.

그렇게 비에 젖은 채 겨우 교토역에 도착하고, 작별 장소인 개찰구 앞에서 하나코는 "또 불러줘."라며 미소 지었다.

"응, 꼭 그럴게." 나는 하나코의 마음을 알지 못한 채 고개를 끄덕였다.

도쿄로 돌아가는 신칸센 자리에 앉아, 가방에서 물점 제비를 꺼냈다.

25살이나 먹고서는 인생 첫 대길이 기뻐서, 매달지 않고 가지고 돌아온 것이다.

하지만 제비를 봤더니 종이에는 아무것도 적혀 있지 않았다. 아마도 특수한 잉크가 사용되어 있어서, 마르면 사라져 버리는 것 같다.

그 모습이 어쩐지 오늘의 일 같았다.

하나코와 만나고 있는 시간은 꿈을 꾸고 있는 것처럼 지나간다. 그때는 선명한데, 도쿄에 도착하는 순간 흐릿해져 간다.

나는 한숨을 내쉬고는 스마트폰 카메라 앨범을 열었다. 거기에는 몇 시간 전에 찍은 키후네 신사 풍경 사진이 있다. 그리고 경치 한구석에는 의도치 않았지만, 하나코의 하얀 손이 찍혀 있다. 하나코와 만나고 있었던 건— 분명히 현실인 것이다.

그 순간, 퍼뜩 떠올렸다.

그러고 보니 또 꽃 이야기에 관한 걸 말하지 못했다.

계속 잊어버리고 마는 건 옆에 하나코가 있다는 것만으로도 머릿속이 가득 차 버리기 때문이다.

나는 하나코를 좋아한다.

하지만 뭔가 위화감이 있다. 좋아한다는 감정이 명확하게 존재하는데— 현실감이 수반되지 않는다.

알게 된 것이 현실 세계가 아니기 때문일까.

그게 아니면 만난 게 아직 두 번째이기 때문일까.

답을 찾지 못한 채, 나는 글자가 사라져 버린 물점 제비를 꽃 이야기 책에 끼웠다. 요새 항상 꽃 이야기를 가지고 다니는 건, 그것이 나와 하나코 사이에 있는 듯한 느낌이 들기 때문일지도 모른다.

카코 〉 렌, 만나러 와줘서 고마워. 무척 즐거웠어. 조심해서 돌아가.

렌 〉 나도 즐거웠어. 하나코의 말대로 사진 찍어 두길 잘했어. 만난 게 현실이라는 생각이 들어.

렌 〉 그러고 보니 물점 제비, 글자가 사라졌더라. 마르면 사라져 버리는 모양이야.

렌 〉 하나코도 결과, 알려줘.

하나코에게서 온 메시지에 답변하고, 뒤에 사람이 없는 걸 확인한 뒤, 의자를 뒤로 젖혀 멍하게 사각형 창문 바깥을 바라봤다.

거리가 비에 젖으며 점점 밤에 침식되어 간다. 나는 강해져 가는 졸음 속에서 도쿄에 도착할 때까지 아무도 나를 모르는 세계를 계속해서 바라보고 있었다.

* * *

쏴아아아. 쏴아아아.

그치지 않는 빗소리가 들린다. 하지만 비는 내리지 않고 있다. 나는— 꿈을 꾸고 있었다.

이곳은 어디에 있는 신사일까. 알고 있는 느낌이 들지만, 모르는 장소다.

그리고 내 옆에는 남자가 있다. 키는 나보다 10cm 정도 클까.

그게 누구인지는 모르고, 모습도 흐릿하게밖에 보이지 않는다. 하지만 분명 멋진 남자라는 것을 알 수 있었다.

눈앞에는 연못이 있다.

이끼가 난 돌로 둘러싸인 신성한 연못이다.

나와 남자는 한동안 빨려 들어갈 것처럼 그 연못을 물끄러미 계속 쳐다봤다.

그러자 갑자기 연못 속에 먹물 같은 검은 액체가 퍼져나가더니, 그게 점차 글자가 되어 떠올랐다.

이 대 로 괜 찮 겠 어 ?

쏴아아아. 쏴아아아.

그에 따라, 소리뿐만이 아니라 주변에는 앞이 보이지 않게 될 정도의 폭우가 쏟아지기 시작했다.

퍼뜩 정신이 들어 옆을 보니, 남자가 거센 빗속에서 흔들리고 있었다.

사라지고 말 거라는 걸 알 수 있었다.

어쩌지. 어떻게 하면 좋지.

초조해하는 마음이 비례하여 비는 강해졌다. 한편으로 남자의 모습은 모래폭풍에 휩쓸린 것처럼 흐릿해져 갔다.

나는 순간적으로 손을 뻗었다.

"잠깐……."

하지만 줄곧 목소리를 내지 않았던 탓에 호흡 같은 작은 소리밖에 나오지 않는다. 나오지 않았다.

소원은 닿지 않고, 남자가 사라지는 것과 동시에 주변은 거짓말처럼 개었다.

그리고— 불가사의한 연못 앞에서 나는 외톨이였다.

방에 있을 때와 마찬가지로 화장기도 없고 부스스한 머리로, 낡아 해어진 회색 운동복을 입고 있다. 하지만 남자는 이제 없으니까, 차림새 같은 건 신경 쓰지 않아도 된다.

그것보다도 조금 전 연못 위에 떠오른 글자는 대체 뭐였던 걸까.

나는 그걸 확인하고자 다시 한번 연못 속을 봤다.

하지만 그곳에 글자는 이미 없었고, 물 위에는 '흥'이라고 적힌 제비만이 떠 있었다.

—이런 건, 필요 없어.

나는 '흥' 제비를 연못에서 치워 버렸다.

그러자 연못을 들여다보는 자신의 모습이 물결 속에 비쳤다.

나는 무심코 숨을 삼켰다.

—이건, 누구지……?

* * *

두근, 두근, 하며 자신과는 다른 생물처럼 물결치는 심장 고동에 하나코는 눈을 떴다.

하나코의 몸은 차가운 마룻바닥 위에 쓰러져 있었다.

많이 봐서 익숙한 방 안에 홀로.

너무 조용해서 마치 방이 통째로 비에 가라앉아 버린 것만 같았다.

렌이 보낸 메시지를 읽은 후의 기억이 없다. 또 정신을 잃고 있었던 걸까. 하나코는 곁에 나뒹굴고 있는 스마트폰을 조심조심 끌어당겨, 표시된 시각을 확인했다.

7월 8일 새벽 1시.

그건 잠들어 있는 사이에 하루가 지났다는 것을 나타내고 있었다.

하나코는 오싹해지는 것과 동시에 다시 렌과 만난 걸까 하는 기대가 가슴에 북받쳐 오르는 것을 느꼈다.

그도 그럴 것이 묘하게 생생한 꿈을 꾸고 있었기 때문이다.

그 신사는 대체 어디였는가. 정말로 존재하는 장소인가. 그리고 연못에 떠오른 글자나 그 제비에 뭔가 의미가 있는 듯한 느낌이 강하게 든다.

그리고 마지막으로, 연못에 비치고 있던 건 누구였을까.

한순간 자기 자신— 같은 느낌이 들었지만, 그건 자신이라고는 생각되지 않을 정도로 **화려한** 여자아이였다.

하나코는 망설이면서 다시 한번 스마트폰의 잠금화면을 해제하고, 홈 화면으로 이동했다. 화면에는 렌에게서 새로운 메시지가 왔다는 알림이 떠 있다. 그 뒤로 대답을 한 기억은 없지만, 렌에게서 일방적으로 메시지가 왔다고는 생각하기 어려웠다. 하나코는 심호흡을 한 뒤 flower story를 열었다.

카코 〉렌, 만나러 와줘서 고마워. 무척 즐거웠어. 조심해서 돌아가.

렌 〉나도 즐거웠어. 하나코의 말대로 사진 찍어 두길 잘했어. 만난 게 현실이라는 생각이 들어.

렌 〉그러고 보니 물점 제비, 글자가 사라졌더라. 마르면 사라져 버리는 모양이야.

렌 〉하나코도 결과, 알려줘.

메시지 화면을 보고 하나코는 숨을 삼켰다.

역시 또— 렌과 만났던 것이다.

게다가 기억에 없는 메시지까지 보냈다.

이렇게 되면 몽유병 상태에서 대답했다거나, 렌을 만나러 갔다거나, 그리고 대화까지 했다는 것이 현실이라는 것이다. 아니, 그렇지만…… 역시 믿기지 않는다.

사진이라니, 뭘까. 혹시 렌이 찍은 것일까…….

하나코는 마치 무서운 장면이라는 걸 알면서도 보고 싶어지는 공포 영화처럼 카메라 앨범을 열었다.

그러자 최신 날짜로 찍힌, 하나코가 찍은 기억이 없는 사진 한 장이 표시되어 있었다.

경치 사진을 저장한 것은 아닌 듯하다.

거리가 아닌 수풀이나 잎이 많은 장소. 돌계단과 계단

양옆으로 빨간 가로등이 쭉 줄지어 있다.

그 광경을 어디선가 본 적이 있는 듯한 느낌이 들었다. 인터넷 속에서일까. 하나코는 기억을 더듬으며 생각했다. 여기가 어딜까. 답이 목까지 차올라 있는데, 잘 떠올릴 수가 없다.

하지만 생각할 필요는 없었다. 그러고 보니, 하고 문득 방법이 떠올라 하나코는 사진 정보를 확인했다.

【7월 7일 15시 15분 키후네】

—키후네 신사.

그 단어를 떠올린 순간, 하나코의 머릿속에는 선명한 영상이 또다시 또렷하게 흐르기 시작했다.

커다란 조릿대와 바람에 흔들리는 형형색색의 탄자쿠. 분홍색, 노란색, 하늘색. 길쭉한 직사각형 종이에는 다양한 소원이 적혀 있다.

그리고 이끼가 난 돌로 둘러싸인 신비로운 연못은 조금 전까지 꾸었던 꿈에 나왔던 장소였다.

그건 인터넷으로 검색한 사진 같은 게 아니다. 생생한 영상이자— 아마도 누군가의, 아니…… 자신의 기억이었다.

역시 몽유병— 인 것일까.

하나코는 한숨을 내쉬었다.

무의식이라고 해도, 이렇게나 촌스러운 차림으로 데이트를 하러 나간 것이라면 창피해서 죽고 싶다.

하지만 메시지 내용으로 추측건대 렌은 나를 싫어하고 있지 않다. 오히려 좋아하고 있다.

어째서 자신을 싫어하지 않는 것인지, 하나코는 이해할 수 없었다. 아니, 그렇다기보다 모든 것이 수수께끼에 둘러싸여 있다.

어쨌든, 목이 말랐다. 뭔가 개운해지는 걸 마시자. 하나코는 문득 라무네가 마시고 싶어졌다. 하지만 냉장고에 음료는 없다.

두통을 느끼며 1층 주방으로 내려가고자 차가운 마룻바닥 위에서 몸을 일으켰다. 무언가가 어깨에 올라타 있는 건가 싶을 정도로 몸이 무겁다. 게다가 계속 잠들어 있었을 터인데 아직도 매우 졸리다. 비틀비틀 휘청거리면서 하나코는 방의 불을 켰다.

방이 밝아지자, 초등학교 때부터 방에 자리하고 있는 책상 중앙에 종이 한 장이 저를 봐주세요, 라고 주장하는 것처럼 놓여 있는 게 시야에 들어왔다.

가까이 다가가 보니 종이에는【물점 ○ 제비】라고 적혀 있다. 제비에는【방향 · 질병 · 출산 · 연애 · 소원 · 이전 ·

유실물 · 장사 · 학문 · 여행】 등의 항목은 있지만, 아직 아무것도 적혀 있지 않다.

물점 제비…….

하나코는 번뜩 깨달았다.

조금 전에 렌에게서 온 메시지에는 분명 물점 제비라고 적혀 있었다. '글자가 사라져 있었다'라고.

그리고 꿈에서 본 광경. 그 불가사의한 연못에 떠 있던 종이에는 흉이라는 글자가 떠올라 있었다. 물점 제비라고 할 정도니까, 물에 띄우면 글자가 떠오르리라는 것은 예상이 된다. 그리고 마르면 사라져 버리는 것이리라.

그렇다고 한다면, 이 제비는…… 혹시 내가 뽑고 기념으로 가지고 돌아온 것일까?

하지만 렌은 '결과 알려줘'라고 했다.

그렇다면 꿈과는 달리 나는 이 물점 제비를 연못에 띄우지 않고 가지고 돌아온 것인가.

—뭘 위해서?

이 대 로 괜 찮 겠 어 ?

그때 갑자기, 하나코의 눈앞에 떠오른 것은 조금 전 꿈에서 연못에 떠올랐던 말이었다.

꿈은 기억의 처리 시스템인 한편으로 자신의 잠재의식이라고도 한다.

그렇다면 그것은— 일생 이대로 방에서 나가지 못한 채로 괜찮겠어? 라고 묻고 있던 것일지도 모른다.

하나코는 한층 우울한 기분이 들었다.

……나 역시 계속 이대로 이 작은 방 안에서, 썩어 문드러져 가는 인생을 보내고 싶지는 않다.

하지만 이젠, 내게 일어나는 어떠한 일에도 상처받고 싶지 않다.

무언가에 상처를 받을 바에야, 이 방에서 잠들어 있는 편이 낫다.

그로부터 3년이 지나는데도— 하나코는 아직 그런 마음으로 살고 있다.

"하아……."

어쩐지 물속에 있는 것처럼 호흡이 괴로워져서, 하나코는 오랜만에 방 창문을 열었다. 눅눅한 공기가 들어온다.

불가사의한 꿈속에서 계속 내리고 있던 빗소리는 이미 완전히 멎어 있었다.

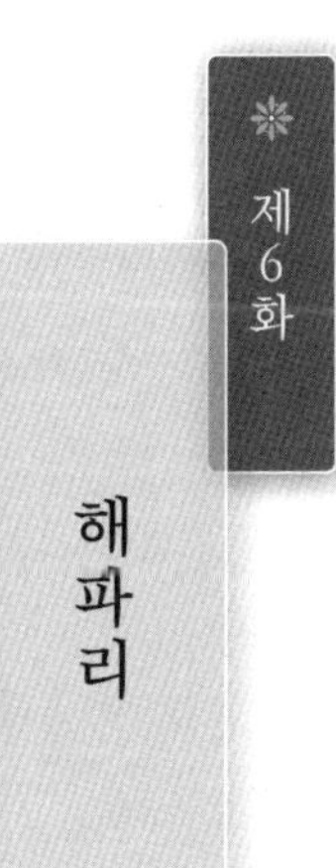

제6화

해파리

Instagram의 타임라인에는 인공적인 파란 빛에 비추어진 해파리가 떠 있다.

아마도 상당한 스트레스를 받고 있을 텐데, 해파리는 아무 생각도 하지 않은 것처럼 그저 둥실둥실 뜬 채 하얀색이나 보라색, 분홍색으로 색깔이 변해 가는 수조 안을 헤매고 있다.

세상은 이렇게나 넓은데도, 어디에도 가지 못하는 나처럼.

"어라~, 아마시타 씨 인스타 했었어요?"

다른 사람이 올린 사진에 좋아요를 누른 순간, 어느샌가 뒤에 서 있었던 아오모리 양이 내 스마트폰을 들여다보고 커다란 눈을 한층 크게 떴다.

"아니 뭐, 감상용으로 설치한 것뿐이지만."

요즘 아오모리 양과 이야기할 기회가 늘어난 것은 그녀가 18살 생일을 맞이하여 12시까지 일할 수 있게 되어, 근무 시간이 2시간 정도 겹쳐졌기 때문이다.

"네~?! 설치를 했으면 사진 올려야죠! 이거 봐주세요, 저 팔로워 제법 많다고요."

아오모리 양은 그렇게 말하며 교복 주머니에서 딸기우유 모양 케이스를 끼운 스마트폰을 꺼내더니, 자신의 계정 페이지를 열어 자랑스러운 듯이 보여줬다.

"팔로워 수 1만 명?!"

예상을 아득히 웃도는 팔로워 수에 나도 모르게 목소리가 커졌다. 1만 명이라니, 어지간한 유명인 수준이지 않은가. 어쩌면 가끔 아오모리 양을 보고 들떠 있던 손님들은 아오모리 양의 팔로워였을지도 모른다.

"네. 제가 만든 옷이라든가 코디 같은 걸 올렸더니 점점 늘어나서 말이에요. 이 화면 너머에 1만 명이나 있다니 믿기지 않죠? 근데 전 학교에서는 미움을 받고 있어서 실제 친구는 한 명도 없어요. 뭔가 웃기죠?"

아오모리 양은 재미있다는 듯이 이야기하면서, 어느샌가 훔쳐본 내 계정을 재빨리 검색하더니 팔로우 버튼을 눌렀다.

"아니, 잠깐만. 학교에서는 친구가 없다는 거 정말이야? 난 아오모리 양은 인기 많을 거라고 멋대로 생각하고 있었는데."

"네? 전혀 안 그래요. 분위기 파악 못 하고, 관심받고 싶어 한다고 항상 뒤에서 험담 듣고, 특이한 애 취급받고 있어요."

"저기…… 그건 괜찮은 거야?"

확실히 지금까지 있었던 일을 돌이켜봐도 분위기를 파악할 수 있는 편은 아니라고 느꼈지만, 머릿속으로 그리고 있던 아오모리 양의 학교생활과는 너무나도 정반대다. 당혹스러우면서도, 걱정된다.

"네, 딱히 신경 안 써요! 전 지금 학교에서 친구가 되고 싶다고 생각하는 애 한 명도 없거든요. 다들 촌스럽고 평범해서. 게다가 관심도 없는 사람한테 미움받는 거, 하나도 상관없고요. 아마시타 씨는 안 그래요?"

"……어?"

"아마시타 씨는 뭔가 저랑 같은 냄새가 나거든요. 다른 사람한테 흥미가 없는 걸까 싶었어요."

아오모리 양은 인공적인 속눈썹을 깜박깜박 움직이며 인형 같은 얼굴로 생글생글하는 미소를 띤 채, 그렇게 딱

잘라 말했다.

"나는……."

그녀의 성격상, 대충 적당히 말하고 있는 것뿐이리라. 하지만 그런 질문을 받은 건 처음이기 때문인지, 동요를 감출 수가 없었다. 나는— 그녀가 말하는 대로 누구에게도 흥미가 없었다. 다만 아오모리 양과 다른 건 누구도 좋아하지 않는 주제에, 비정상적일 정도로 누구에게서도 미움받고 싶지 않다고 느끼고 있다는 점이다.

"아, 큰일이야! 손님 왔어요! 계산대로 갈게요. 휴식 끝날 때까지 제 계정 맞팔해주세요."

분명 아오모리 양은 내게도 그다지 흥미는 없으리라. 서둘러 계산대로 달려간다.

나는 더 대답할 필요가 없는 답을 찾으며, 화려한 사진으로 가득 메워진 아오모리 양의 계정을 바라보고는 팔로우 버튼을 눌렀다.

* * *

10월 마지막 날, 하나코는 여느 때의 약속 장소에서 기다리고 있었다.

비교적 얇은 베이지색 트렌치코트, 검은 니트 상의에 타탄체크 무늬 치마, 갈색 숏 부츠라는 가을에 맞는 차림이다. 비슷한 차림새를 한 귀여운 여자애는 어떤 거리를 걷든 잔뜩 있는데도 어째서인지 하나코만 보인다. 마치 세계에 특수한 필터가 걸려 있는 것만 같다.

"또 만나자고 해 줘서 고마워."

찰랑찰랑한 머리카락을 만지며 하나코가 웃었다. 하나코한테서는 언제나 미용실에 갔다 온 건가 싶을 정도로 좋은 샴푸 향기가 난다.

"나야말로 와 줘서 고마워."

날짜가 막 변한 한밤중에 갑자기 수족관에 가지 않겠냐고 권했는데, 하나코는 선뜻 찾아와 주었다. 역시나 평소 메시지에서는 나와 이야기한 것도, 만난 것조차도 없었던 일처럼 언급하지 않는데, 눈앞의 하나코는 이날을 고대하고 있었던 것처럼 기쁜 듯이 미소를 지어 준다.

"오늘, 춥네."

하나코가 말했다.

"응, 요전까지 따뜻했는데. 갑자기 겨울이 된 느낌이야."

"계절이란 건 갑자기 변하네. 겨울이 하룻밤에 봄이 되어 있다거나."

"확실히 요새는 경계선이 없지."

"그래도, 그편이 좋을지도 몰라. 갑자기 시작되는 편이 멋지고 운명적이니까."

하나코는 하늘을 올려다보면서 황홀하게 말했다.

운명이란 대체 뭘까.

하나코의 옆모습을 바라보며, 나는 아주 조금 위화감을 느끼고 있었다.

"하나코는 운명을 믿어?"

무의식적으로 묻고 있었다.

"응, 믿어."

하나코는 나를 똑바로 바라보고는 고개를 끄덕이며 이렇게 되물었다.

"렌은 운명을 믿어?"

무심코 입을 다물고 말았다.

그런 게 있다고는 생각한 적도 없었고, 만약 그런 게 존재한다면 그건 그저 슬프기만 한 것이라는 느낌이 들었다. 하지만 하나코의 입에서 나온 운명은 반짝반짝 빛나는 것임을 믿어 의심치 않고 있었다.

혼란스러워하고 있자, 갓 생겨난 참인 차가운 바람이 나와 하나코 사이를 지나갔다.

“와, 역시 오늘 춥네. 빨리 수족관에 가자!”

하나코는 살짝 호들갑스럽게 말했다. 화제를 바꾸려 한 것이다.

“아, 응. 여기서 걸어서 15분 정도인데, 걸을래? 버스 탈까?”

나는 자신의 답답함에 질색하면서, 하나코에게 그렇게 물었다.

“렌이 괜찮다면 걷고 싶어.”

“응. 나도 걷고 싶다고 생각했어.”

“다행이야.”

“그럼, 갈까.”

교토 수족관에는 웹사이트 페이지에 적혀 있던 대로 걸어서 15분 정도 만에 도착했다.

“와아~. 장수도롱뇽이 잔뜩 있어!”

“끝에 뭉쳐 있네.”

“응. 추운 걸까? 억수로 밀집해 있어서 귀여워.”

장수도롱뇽 코너 주위의 가족 단위 손님이나 커플과 마찬가지로, 우리 역시 한바탕 들떠 올랐다.

이 생물은 예쁘지도 않고 귀엽지도 않지만, 특별천연기

념물인 만큼 어쩐지 신성한 느낌이 든다. 이렇게나 많은 장수도롱뇽은 다른 수족관에서는 볼 수 없을 것이다.

"그러고 보니, 하나코는 전혀 교토 사투리 안 쓰네."

조금 전에 하나코의 입에서 평소에는 듣지 못한 '억수로'라는 말이 귀에서 떠나지 않아, 물었다.

"응. 엄마도 아빠도 도쿄 사람이니까. 억수로, 정도는 쓰지만 말이야."

"그렇구나. 부모님이 도쿄 분이구나. 지금은 가족끼리 교토에 살고 있어?"

"응. 지금은 엄마랑 같이 살고 있어. 아빠는 만난 적이 없네. 옛날에는 집에 할머니도 계셨다는 것 같지만, 나는 잘 몰라. 기억이 없거든."

하나코는 어쩐지 다른 사람 일처럼 담담하게 대답했다.

"그렇구나……."

아무런 문제도 없는 가정은 없다고 생각하지만, 하나코의 가정환경도 복잡한 것이리라.

"렌은 누구랑 살고 있어?"

"나는 혼자 살아. 대학을 졸업할 때까지는 아버지랑 둘이서 살고 있었지만."

집을 나올 때의, 옛날과는 달라진 움츠러든 아버지의 등을 떠올리며 나는 그렇게 말했다.

"그렇구나. 이제 같이 안 살아?"

"응. 아버지는 나를 그다지 좋아하지 않으시니까."

이제 신경 쓰지 않는다 생각했는데, 말로 하니 어째서인지 가슴이 옥죄어든다.

"……뭐? 어째서일까. 렌은 엄청 좋은 사람인데."

하나코는 가끔 부끄러운 말을 태연하게 한다. 소설을 많이 읽어서 그런 정서적인 대사를 꺼내는 것에 저항감이 없는 것일지도 모르지만, 어쩐지 쑥스럽다.

"그렇지 않아. 자, 다음 곳으로 가자."

게다가 좋은 사람이라는 말은 누구한테서도 들은 적이 없다. 이 이상 무슨 말을 들었다가는 마음이 어떻게 될 것 같아서, 나는 그렇게 재촉했다.

순서를 따라 걷다 보니, 교토 수족관의 메인 포스터로 만들어져 있는 현란한 정어리 대군이 헤엄치는 제일 큰 수조 앞에 도착했다.

그 광경에 압도당하여 수조 바로 앞에 멈춰 서곤, 한동안 말없이 무수한 생물들이 작은 세계에서 살아있는 모습을 바라봤다.

"저기, 렌은…… 어떤 여자애가 좋아?"

빛에 반짝반짝 반사되는 정어리 비늘을 바라보며, 하나코는 갑작스럽게 물었다.

오늘의 하나코는 어쩐지 평소와는 조금 다르다. 그렇게 느끼는 것은 평소의 메시지 속 하나코라면 하지 않을 법한 말을 꺼내고 있기 때문일까.

하지만 만나야 할 수 있는 말도 있다. 나도 그렇다. 메시지는 좋건 나쁘건 남아 버리고, 글자로는 세세한 뉘앙스까지 전할 수 없다. 고백 같은 말도 보낼 수 있을 리가 없다. 애초에 현실 세계에서도 아직 깊은 밤을 헤매고 있는 나한테는 그런 말을 꺼낼 자격도 없지만.

"글쎄, 어떠려나……. 말투가 예쁜 여자애일까……."

그런데도 입에서 나온 대답은 명백히 하나코에 관한 것이었다.

"응…… 알 것 같아."

자기를 말하는 것임을 모르는 걸까. 하나코는 기쁜 듯이 작게 고개를 끄덕이고는, 슬픈 듯이 미소 지었다.

이어서 해파리 코너로 왔다. 인기가 많은지, 사람이 꽤 모여있었다.

"와아."

하나코는 환상적인 수조 앞으로 걸음을 옮겼다.

나도 그 뒤를 따랐다.

둥근 수조 안에서 해파리가 둥실둥실 떠다니고 있었다. 해파리의 몸은 99%가 물로 이루어져 있다고 하는데, 그렇다면 나머지 1%에 해파리의 모든 것이 담겨 있는 걸까?

인간의 몸도 70%는 물로 이루어져 있으니까, 내 모든 것은 30% 속에 집약되어 있다는 말이다. 그렇게 생각하면 해파리나 인간이나 큰 차이는 없다.

"예쁘네. 살아있는 것 같지 않아."

하나코가 말했다.

"그러게. 물이 살아있는 것 같네."

나는 스마트폰 카메라로 해파리 사진을 찍었다.

아오모리 양한테 자극받은 것도 있지만, 오늘은 하나코와 본 해파리를 Instagram에 올릴 생각이었다.

딱히 좋아요를 원하는 건 아니다. 그저 무언가가 조금씩이라도 변하면 좋겠다고 생각했다.

그리고 하나코와 함께 있으면 살아있다는 느낌이 든다. 딱히 드러내며 과시하고 싶은 건 아니지만, 그 감각을 보존해 두고 싶었다.

"아, 렌의 스마트폰 기종 나랑 같은 거네."

그러자 하나코가 자신의 스마트폰을 보여줬다. 우연히도 색만 다른 같은 기종이었다. 지금까지 알아차리지 못했다.

"4년 전부터 쓰고 있으니까 배터리가 금방 나가 버려."

"나도. 그렇지만 신기하게도 곤란한 경우는 거의 없어. 딱히 누군가랑 연락을 하는 것도 아니고."

"그러게. 나는 계속 집에 있으니까, 언제든 충전할 수 있고. 연락은 렌하고만 하니까."

어째서 집에 틀어박혀 있는 걸까. 지금이 물어볼 타이밍일지도 모른다.

"……저기 말이야."

"응?"

하지만, 그것보다도 신경이 쓰이는 것이 있었다.

나한테서밖에 연락이 안 온다는 말이.

"어째서 그때 나한테 메시지를 보낸 거야?"

"……기뻤으니까. 친구가 되어 달라는 말을 들은 적이 없었거든."

"그냥 물어보는 건데…… 하나코의 친구는 나뿐이야?"

"응, 맞아. 렌이 친구가 되어 줘서 하나코의 세계는 반짝

였어."

하나코는 부끄러워하는 기색도 없이 말했다. 내가 더 부끄러워지고 만다. 그보다 하나코는 자기 자신을 이름으로 부르는 성격이었던가? 조금 신경 쓰였다.

"그런가…… 고마워."

"저기, 렌은 그럼 어째서 나랑 만나고 싶다고 생각해 줬어?"

—어째서일까. 그때 꽃 이야기를 통해 카코가 이 세계에 존재한다는 것이 현실이 되었다. 그리고 전하려고 했다. 꽃 이야기에 관한 것을.

그래…… 전해야 할 것이 있다.

꽃 이야기를 쓴 사람이 곁에 있었다고…….

하지만 지금 그걸 말해도 괜찮은 걸까.

"아, 미안. 나 잠깐 화장실에 갔다 와도 돼?"

"아, 응. 여기서 기다리고 있을게."

또 그녀가 신경을 쓰게 만들어 버렸다. 무난하게, 만나고 싶었으니까. 그렇게 말하면 좋았을 것을. 그것도 거짓말은 아니다.

후우, 하고 한숨을 내쉬고는 하나코가 사라진 수조 앞에서 벽에 등을 기대고 Instagram을 열었다.

내 팔로워는 25명. 잘 모르는 사람이 세 명, 나머지는 고등학교, 대학교 시절의 친구들, 그리고 바로 저번 주에 재빨리 팔로우해준 아오모리 양이다.

하지만 친구라고 해도, 나는 그저— 미움받고 싶지 않았으니까 누구한테든 인상 좋은 얼굴을 하고 있었을 뿐이다. 만날 일도 없으면서 지금도 여전히 좋아요를 계속해서 누르고 있는 건 어째서일까.

여전히 그 답을 알지 못한 채, 조금 전의 해파리 사진을 그럴듯하게 꾸며서 올렸다.

물이 살아있는 것 같았습니다. #교토수족관 #해파리

사진 한 장과, 쓴 글자는 그것뿐. 내가 찍은 해파리 사진과 수조 안을 비교해서 봤다. 해파리는 이렇게나 눈 부신 빛 속에서 사람들에게 노출되고, 고작 1년 반의 삶을 이런 좁은 곳에서 지내며 행복할까. 그게 아니면 인간처럼 행복하다든가 불행하다든가, 그런 개념은 가지고 있지 않은 것일까.

해파리는 목숨이 다할 때 녹아 버린다고 한다.

서서히 녹아 가는 걸까, 그게 아니면 팍, 하고 터지는 것처럼 사라지는 걸까. 녹은 뒤에는 물로서 다시 수조를 헤매는 걸까.

SNS에 올라갈 뿐인 인생과 SNS에 아무것도 올릴 일이 없는 인생은, 어느 쪽이 공허한 것일까.

* * *

주먹으로 물방울을 붙잡고 있는 듯한, 신기한 감촉이 느껴지는 꿈이었다—.

꿈을 꾸고 있는 것임을 꿈속에서도 알 수 있었던 건 그것이 꿈이 아니었기 때문일지도 모른다.

나는 아크릴 케이스로 둘러싸인 투명하고 작은 바닷속에 있었다.

하지만 꿈이니까 물속에서도 숨을 쉴 수 있었다.

잠시 걷고 있자, 남자 한 명이 흔들거리는 것처럼 헤엄치고 있는 게 보였다.

그건 칠석날 꿈에 나타났다가 빗속으로 사라져 버린 남자였다.

또 만났다. 이런 곳에 있었구나.

나는 기뻐하며 남자가 있는 곳으로 헤엄쳐 갔다.

그리고 남자를 만질 수 있는 거리까지 다가갔을 때, 수많은 물고기가 나와 남자 주위를 헤엄쳐 다니기 시작했다.

정어리 대군이다!

물속은 다이아몬드가 흩뿌려진 것처럼, 반짝반짝 빛나고 있었다.

"예쁘네."

나는 남자를 향해 말했다.

그 순간, 호흡이 괴로워졌다. 입에 대량의 바닷물이 들어온 것이다.

"하나코는 정말로 하나코야……?"

남자가 내게 살짝 뭔가를 물어봤다. 하지만 물속에서는 소리가 전달되기 어려운 탓에 무슨 말을 하는 것인지 잘 알아들을 수 없었다.

"뭐, 라고……?"

나는 발버둥 치며 필사적으로 되물으려 했다.

하지만 그때, 신이 마중하러 온 것처럼 햇빛이 비쳐서 아무것도 보이지 않게 되었다.

어렸을 적, 수영 수업을 할 때 생각한 것이 있다. 물속에서 보는 빛은 어째서 이렇게나 아름다운 걸까, 하고.

의식이 멀어지는 가운데, 나는 손을 뻗어 그 빛을 붙잡았다.

* * *

그 뒤로 결국 꽃 이야기에 관한 말은 하지 못했다.

헤어질 때 개찰구 앞에서 '또 봐'라며 손을 흔들자, 하나코는 기쁜 듯이 '응'이라며 고개를 끄덕이고 손을 마주 흔들어 주었다.

사실은 좀 더 같이 있고 싶었다.

하지만 오랫동안 밖에 있는 건 괴로운 것이리라. 저녁이 가까워짐에 따라 하나코는 불안해 보이는 표정으로 변했다.

카코 〉 또 만나서 기뻤어.

카코 〉 해파리, 예뻤지. 사진 찍을 걸 그랬네.

도쿄^현실^로 돌아가는 신칸센 안에서 하나코의 메시지를 읽고, 그러고 보니 해파리 사진을 올렸던 것을 떠올렸다.

Instagram을 열었다. 올렸던 사진에는 좋아요가 7개, 댓글이 3개 달려 있었다.

@hachico 렌, 잘 지내~?

@nanamin 해파리 예쁘다~!

학생일 때와 다른 바 없는 목소리가 귀에 들려온다.

그날, 아오모리 양에게 질문을 받고 나서 계속 생각하고 있었다.

나는 어째서 그 무렵에 흥미도 없는 반 아이들한테 미움을 받지 않으려 애썼던 것일까. 약속하지 않는 한, 더 만날 일도 없는 친구들이 올린 사진에 어째서 지금도 여전히 '좋아요'를 계속 누르고 있는 것인가.

나는 분명— 무서웠다.

누구한테도 알려지지 않은 채로 무색투명하게, 깊은 밤 속에 녹아 버리는 것이.

그리고 미움을 받는 게 견딜 수 없이 무서웠던 건, 모두에게 호감을 사고 싶었던 건, 언제나 외로웠기 때문이었다.

* * *

시나가와에 도착한 것은 밤 8시가 넘었을 무렵이었다.

일단 집에 돌아가도 아르바이트 시간에는 늦지 않을 것이다. 하지만 오늘은 방에 도착한 순간 잠들어 버릴 만큼 졸리다. 위험하다. 일단 휴식을 취하고자 눈에 띈 스타벅스에 들어간 뒤, 따뜻한 카페모카를 주문했다. 스타벅스는 언제나 사람들로 붐빈다. 가게 안에서 자리를 찾고 있었더니, 문득 그리운 얼굴이 시야에 들어왔다.

"이우라 씨."

이우라 씨의 모습을 발견한 것과 동시에 나도 모르게 말을 걸고 있었다.

"아, ……아마시타 군."

이우라 씨는 같이 일하고 있을 때보다도 한층 부스스한 머리가 되어 있었다. 테이블에는 오래된 은색 노트북이 펼쳐져 있다.

"오랜만이네요."

나는 그렇게 말하며 멋대로 이우라 씨의 정면 좌석에 앉았다.

"응. 우연이네."

이우라 씨가 말했다. 문득 학생일 때 만화에서 본 '이 세상에 우연 같은 건 없다. 있는 건 필연뿐이다'라는 말을 떠올리고, 그 만화가 무엇이었는지 생각해보았다.

"집필 중이신가요?"

"뭐, 그렇지……. 한심하게도 그 뒤로 아직 아무것도 쓰지 못하고 있어서 말이야. 지금도 뭘 쓰면 좋을지 망설이고 있어. 연애소설이라는 건 정했는데, 뭘 써도 이건 아니라는 느낌이 들어서. 마감은 다가오고 있는데."

이우라 씨는 지금까지 보인 적 없는 심각한 표정으로 말했다. 과묵한 이우라 씨가 묻지도 않았는데 푸념을 내뱉을 정도이니 쭉 고민 중이라는 것이 전해져 온다.

"그런가요. 저는 소설은 그다지 읽지 않지만, 꽃 이야기는 무척 좋았어요."

조금이라도 격려가 되면 좋겠다고 생각하여 나는 그렇게 말했다. 하지만 빈말은 아니다. 다 읽었을 때, 주인공의 사랑이 해피엔딩으로 끝난 것에 무척 감동한 것은 사실이다.

"고마워. 하지만 그 이야기는…… 사실은 단 한 사람을 위해 쓴 작품이야."

"단 한 사람?"

"응. 딸을 위해서 말이지."

"예?! 이우라 씨, 결혼하셨었나요?"

깜짝 놀라 목소리가 뒤집혔다. 실례일지도 모르지만, 그렇게 보이지 않았다.

"아니, 하지 않았어. 그렇다기보다, 할 수 없었어. 내가 소설가로서 성공하는 꿈을 포기할 수 없었으니까, 상대 부모님의 반대가 심했거든. 꿈 같은 건 덧없는 거야. 나도 소설 따위 싫어하고 싶어. 그랬다면 평범하게 행복해질 수 있었는데."

그건 참회일까. 이우라 씨는 약간 빠른 어조로 말했다.

"평범하게 행복하다는 건…… 어떤 상태를 말하는 건가요?"

어째서 그런 걸 물었는지는 알 수 없다. 그저, 알고 싶어졌다.

"나는 그저 사랑하는 사람과 같이 있고 싶었어. 그것만으로도 행복했을 텐데."

이우라 씨는 그렇게 단언하고는 작게 한숨을 내쉬었다.

"따님과는 만나고 계신가요?"

"태어나고 금방 헤어졌으니까, 벌써 20년 넘게 만나지 못했네. 하지만 때때로 그녀가 편지를 보내서 딸에 관한 걸 알려줘. 딸이 책을 좋아하는 모양이라서…… 꽃 이야기를 썼을 때 딸이 마침 17살이었으니까…… 내 책을 발견해서 읽어 줬으면 좋겠다고 생각한 거야."

이우라 씨는 상냥한 얼굴로 미소 지었다. 지금도 그 사람을 사랑하는 것일까.

"그랬습니까……."

조금 신경 쓰였지만, 그 이상 깊게 물어볼 수는 없었다.

"그래서 아마시타 군은…… 어디 갔다 온 거야?"

"아, 네. 교토에 잠깐."

"교토…… 관광?"

"그게…… 좋아하는 여자애를, 만나러."

솔직하게 그렇게 대답할 수 있었던 건 이우라 씨가 자신에 관한 것을 숨김없이 이야기해 주었기 때문일 것이다.

"멋지네. …어떤 여자애인지 물어봐도 괜찮을까?"

"전에 말씀드린 꽃 이야기를 알려준 애예요. 인터넷에서 만나서… 그 애, 평소에는 방에 틀어박혀 있는 것 같지만, 저와 만날 때만큼은 용기 내서 밖으로 나와 줘요. 저는… 지금 25살이지만, 태어나서 처음으로 남을 좋아하게 되었어요. 이상하죠."

그 감정을 처음으로 소리 내어 말했기 때문인지 아플 정도로 가슴이 떨리기 시작했다.

눈에 보이지 않는 모든 것은 소리 내어 말로 내뱉었을 때, 현실이 되어 가는 것일지도 모른다. 반년 전에도 그랬다. 이우라 씨에게 꽃 이야기에 관한 것을 이야기했을 때, 하나코가 이 세계에 존재함을 느꼈다.

"이상하지 않아. 누군가를 진심으로 좋아하게 된다는 건 운명이니까. 나도 누구를 사랑하게 된 건 그녀뿐이야."

이우라 씨는 어딘가 자랑스럽게 대답했다.

"운명……."

줄곧 이해되지 않았던 그 말이 어떤 의미를 지니는지, 이제야 알 것 같은 건 어째서일까.

"그래, 운명은 스스로 결정할 수 없어."

심장이 두근거리며 뛴다.

"저기 말이지…… 괜찮다면 들려주지 않을래? ……네 이야기를. 쓰고 싶은 걸 찾을 수 있을 듯한 느낌이 들어서."

그리고 나는 분명 이우라 씨를 발견한 순간부터 그 말을 기다리고 있었던 것일지도 모른다. 몇억 분의 1 확률인 하나코와의 만남을 누군가에게 이야기하고 싶어서 견딜 수가 없었던 것일지도 모른다.

"괜찮긴 한데요. 이야기해 드리는 대신, 사인 부탁드립니다."

하지만 선뜻 이야기하는 것도 쑥스러워서 교환조건처럼, 나는 가방에서 꽃 이야기를 꺼냈다.

"얼마든지."

책을 보고 이우라 씨는 살짝 웃으며 말했다. 자기가 썼다고는 해도, 소녀 감성 소설을 내가 가지고 다니는 게 웃겼던 것이리라.

"부탁드립니다."

나는 약간 창피해지면서도, 책을 건넸다.

"이름은 안 넣어도 돼?"

이우라 씨가 책을 받아들면서 물었다.

"아… 그럼 하나코에게, 라고 써 주실 수 있으실까요?"

"뭐……?"

잘 알아듣지 못한 것일까.

"하나코예요. 꽃 이야기의 하나(花)에, 어린아이의 코(子)요."

"……성은?"

"그러고 보니, 성씨는 모르네요. 일단 하나코만으로 충분합니다."

"응, 알았어…… 하나코인가……, 무척 좋은 이름이네."

이우라 씨는 부드럽게 중얼거리고는, 걸치고 있는 재킷의 가슴 주머니에서 펜을 꺼내어 책을 펼친 뒤 책날개 부분에 정성스럽게 글자를 썼다.

"이걸로 괜찮을까?"

"네, 분명 좋아할 거예요."

사인이 들어간 것만으로 어디에서도 팔지 않는 한 권이 되었다. 언젠가 하나코에게 건네줄 때, 분명 특별한 선물이 될 것이다.

"그럼 곧바로, 두 사람의 만남부터 이야기해 줄 수 있을까……?"

지금 세상에 살아가고 있는 모든 이들이 자신의 눈부신 부분만을 확산시키며 살아가고 있다.

하지만 물밑에서 누군가는 갑갑함에 발버둥 치며, 한순간이라도 빛나고자 필사적으로 반짝반짝하는 순간을 찾고 있는 것일지도 모른다.

—렌은, 운명을 믿어?

그렇게 물어본 하나코의 목소리가 줄곧 귀에 남아 있다.

마치 귓구멍에 스며 들어가 나오지 않는 물처럼, 기울여도 흘러 떨어지지 않는다.

나는 물속에 있는 것만 같이 소리가 흐릿한 세계 안에서 어지간히도 나가지 못하고 있는 것이리라. 당장이라도 울음을 터뜨릴 것만 같은 표정을 띤 이우라 씨에게, 아르바이트에 늦는 것도 개의치 않고 하나코를 좋아하게 된 것을 정신없이 이야기했다.

* * *

물에 빠진 듯한 갑갑함에 눈을 떴다.

눈으로 보지 않아도 느낄 수 있는 것은 지금이 깊디깊은 한밤중이라는 사실이었다.

하나코는 다다미 8장 넓이의 방을 비추는 오렌지 색 전구를 향해 팔을 뻗고 있었다.

손바닥에는 아직 꿈의 감촉이 남아 있다.

아니— 다르다. 이건 꿈의 감촉이 아니다.

하나코는 물방울이 아닌 무언가를 붙잡고 있었다.

천천히 손을 폈다. 그러자 손바닥 위에는 둥근 물체가 차례로 색을 바꾸며 반짝반짝 빛나고 있다. 그건 빛나는 마스코트가 달린 스트랩이었다.

하나코는 고개를 갸웃했다.

대체 이 캐릭터는 무슨 생물을 모티브로 삼고 있는 걸까.

우파루파? 개구리? 뱀? 그것들 모두와 닮았지만, 어딘가 다르다.

하나코는 수수께끼의 스트랩을 꽉 쥔 채 바닥에 방치된 스마트폰을 끌어당겼다.

잠금화면에 표시된 날짜는 11월 1일. 역시 하루가 지나 있다.

렌 〉 괜찮으면 내일 수족관에 가지 않을래?

어제 그런 메시지를 받고 난 이후의 기억이 없다.

설마 나는 렌과 수족관에 간 것일까—.

하나코는 그 설마가 점점 확신을 띠고 있다는 걸 느꼈다.

어째서냐면 지금 스마트폰 배경화면은 찍은 기억이 없는 청색 빛에 비추어진 해파리 사진으로 되어 있었기 때문이다.

새로운 알림은 오지 않았지만, 하나코는 강한 예감과 함께 flower story를 켜고는 메시지 기능을 열었다.

카코 〉 또 만나서 기뻤어.

카코 〉 해파리, 예뻤지. 사진 찍을 걸 그랬네.

렌 〉 나도 기뻤어.

렌 〉 사진 줄게. 첨부되어 있으려나?

카코 〉 와, 고마워! 배경화면으로 써야지.

그곳에는 보낸 기억도, 받은 기억도 없는 메시지가 늘어서 있다.

그리고 대화로부터 추측건대— 이 배경화면 속의 해파리는 렌이 촬영한 듯하다. 사진은 첨부 파일로 렌이 보낸 것이니까 틀림없다. 기쁜 것 같기도 하고, 꺼림칙한 것 같기도 한…… 이해하려고 할수록 머리가 혼란스러워진다.

하나코는 한숨을 내쉬고는 스마트폰 불빛과 전구를 끄고는 플라네타리움을 켰다. 곧바로 우주로 변한 천장에는 오리온자리가 반짝인다. 창문 너머에는 이제 곧 겨울이 찾아온다. 아니면 이미 겨울일지도 모른다.

"렌……."

하나코는 단순한 빛일 뿐인 별을 바라보며 조용히 중얼거렸다. 오랜만에 듣는 자신의 목소리.

렌이라는 울림을 소리로 내는 것만으로도, 기절할 것만 같이 가슴이 괴로워진다. 말로 하는 것만으로 렌의 존재가 현실이 되어 간다.

그리고 하나코는 그 이름을 목소리로 내어 말한 순간, 확신할 수 있었다.

무의식 속에서— 나는 렌과 만나고 있는 것이다.

몽유병이라고 해도, 한 번뿐이라면 또 모를까 이런 일이 연속해서 일어나는 건 믿기지 않는 이야기고, 논리적인 이유 같은 건 모른다.

하지만 어째서인지 하나코는 지금, 그렇게 생각하는 편

이 자연스럽게 느껴졌다.

"하아……."

그런데도 또 한숨이 새어 나온 것은 그 사실이 왠지 공허했기 때문이다.

왜냐면 내 의식은 렌과 만나지 않았으니까—.

하나코는 혼란스러운 기분으로 잠이 올 때까지 플라네타리움 빛을 계속 바라봤다.

손바닥 안에서는 정체불명의 캐릭터가 렌의 존재를 증명하는 것처럼 반짝반짝 빛나고 있었다.

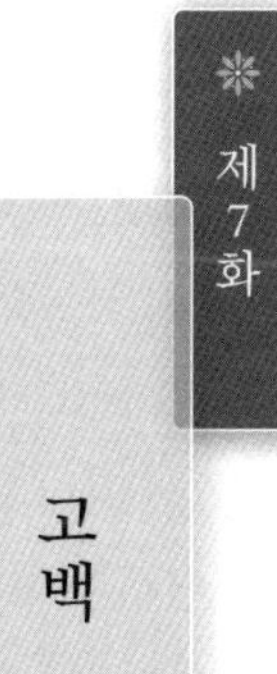

제7화
고백

그 사건이 일어난 날— 나는 10살이었다.

"있지, 하나코. 집에 같이 가자."

"응, 같이 가자."

그 무렵, 사이가 좋았던 유카리와 손을 잡고 귀가하는 게 어린 나의 즐거움이었다. 유카리는 얼굴이 작고, 눈이 크고, 호리호리해서 리카 인형*과 닮았다. 우리 학년에서도 제일 귀엽다. 집이 유복한 것인지 언제나 잡지에 실려 있는 유행하는 옷을 입고 있었다. 모든 아이가 그런 그녀와 친구가 되고 싶어 했다.

하지만 어째서일까, 유카리는— 나와 제일 친한 친구로 지내 주었다.

나는 눈에 띄지 않는 학생인 데다가 말수도 없어서, 반

* 일본에서 오랫동안 사랑받고 있는 여아용 인형.

애들은 내 옆자리에 앉으면 전혀 기뻐하지 않았다. 그런데도 유카리는 기꺼이 내 옆자리에 앉고 싶다면서, 자리를 바꿀 때는 뽑은 제비를 다른 애와 교환하면서까지 옆에 앉아 주었다. 소풍 때, 도시락을 먹는 시간에는 언제나 같이 먹자며 내게 말을 걸어 주었다.

나는 천사 같은 유카리를 진심으로 정말 좋아했고, 동경하고 있었다.

그래서 그날 나는— 천국에서 지옥으로 밀려 떨어진 듯한 기분이 들었다.

"유카리, 안녕."

빨간 원피스를 입은 나는 유카리의 뒷모습을 발견하고는 쏜살같이 달려가서 어깨를 두드렸다. 와아, 귀여운 옷이네, 라고 칭찬받고 싶었다.

하지만 유카리는 내 손을 엄청난 기세로 쳐냈다.

"꺅! 화장실의 하나코 양이야! 가까이 오지 마!"

유카리는 내 얼굴을 보고, 마치 진짜 유령을 본 것처럼 새파래져서 그렇게 외치고는 도망치듯이 교실에서 뛰쳐나갔다. 반 애들은 우스운 듯이 쿡쿡 웃었다. 뭐지? 무슨 일이 일어난 것인지 알 수 없었다. 나는 너무 혼란스러운 나머지 유카리를 뒤쫓아 갔다.

"왜 그러는 거야……?"

겨우 따라잡았을 때, 나는 순간적으로 유카리의 팔을 붙잡았다.

하지만 유카리는 다시 내 손을 쳐내고는, "하지 마! 딴 데로 가! 저주받겠어!" 그렇게 외친 뒤 빨간 깅엄체크 무늬 치마를 나부끼며 내게서 점점 멀어져 갔다.

저주받는다니, 무슨 말일까……?

한순간 나는 죽고 만 것일까 하고 생각했다. 그게 아니면 유카리는 갑자기 무언가에 홀렸던 걸까.

'하나코, 계속 친구로 지내자.'

어제까지 눈부신 미소를 지으며 그렇게 말해 줬는데. 그렇게나 사이가 좋았는데.

머잖아 1교시 시작을 알리는 종이 울렸다. 나는 힘없이 터벅터벅 걸어 교실로 돌아갔다. 다행히도 아직 선생님은 오지 않았다. 하지만 교실에 들어간 순간, 모두가 나를 보고 "꺄아—!"하고 일제히 외쳤다. "화장실의 하나코 양, 저주하지 말아 주세요!"라면서.

심장이 터질 것만 같았다. 몸이 움직이지 않는다. 교실 입구에서 굳어 있자, 교실은 점차 웃음소리로 가득 채워져 갔다.

"이 녀석들, 뭘 떠들고 있어. 얼른 자리에 앉아."

뒤늦게 온 선생님은 무수한 웃음소리가 나를 향하고 있다는 것을 알아차리지 못했다.

그 뒤에 반 애들은 수업 중이 되어도 재미있다는 듯이 쿡쿡 웃으며, 내 쪽을 힐끔힐끔 관찰했다.

이 빨간 원피스와 수수한 얼굴, 아무리 햇볕에 그을려도 빨개지기는커녕 하얀 피부, 그리고 하나코라는 이름이 학교의 7대 불가사의인 화장실의 하나코 양과 보기 좋게 일치하고 있다는 것은 금방 눈치챘다.

이런 옷— 입고 오지 말 걸 그랬다.

나는 후회하면서 마음속으로 이게 나쁜 꿈이라면 빨리 깨기를 빌었다.

하지만 아무리 시간이 지나도 꿈에서 깨는 일은 없었고, 유카리는 어제와 완전히 다른 사람이 된 것처럼 다른 반 애들과 마찬가지로 나를 보며 쿡쿡 웃을 뿐이었다. 하교 시간이 되어도 여느 때처럼 같이 가자고 말해 주지 않았다.

그로부터 한 달 동안, 교실이나 복도, 교문에 이르기까지 내가 존재하는 것만으로도 비명을 지르는 놀이는 계속되었다. 나는 하나코 양이 아니야. 그렇게 말해도 비명은 멎지 않았다. 그건 초등학생인 내게 얼마나 긴 기간으로 느껴졌을까. 영원히 계속되는 것은 아닐까 하는 생각이 들었다.

그리고 그날은— 화장실의 하나코 양 사건도 이미 반 아이들의 기억에서 잊혀 사라진 겨울날의 일이었다.

새하얀 눈이 마치 종이처럼 지면에 겹겹이 쌓여 있었다.

"하나코, 집에 같이 가자."

교문을 나서려 했을 때, 몇 개월 만에 누군가가 내 이름을 불렀다.

뒤돌아보니— 유카리가 서 있었다.

갑작스러움에 목소리가 나오지 않았다.

그래서 아무 대답도 할 수 없었다.

"왜 그러는 거야?"

유카리는 고개를 갸우뚱하며 웃었다. 예전처럼. 아무 일도 없었다는 듯이.

그 질문을 하고 싶었던 건 내 쪽이었다. 묻고 싶은 게 잔뜩 있었다. 어째서 저주받을 거라고 소리친 거야? 어째서 모두와 한통속이 되어서 나를 비웃은 거야? 어째서, 어째서. 그렇게나 사이가 좋았는데.

하지만 전혀 목소리가 나오지 않았다.

아침에 장갑을 끼고 오는 걸 잊은 탓에 서 있는 것만으로도 점점 손이 차갑게 얼음처럼 변해 갔다.

한동안 서로 마주 선 채 쳐다보고 있었더니,

"이제 됐어."

유카리는 기가 막힌다는 표정을 짓고는 차갑게 내뱉었다.

심장이 찢어질 것만 같이 아팠다.

……기다려 줘.

그렇게 말하고 싶은데, 역시 목소리가 나오지 않는다.

나는 떠나가는 유카리의 뒷모습에 손을 뻗었다. 하지만 닿지 않았다.

그 뒤로 유카리가 내게 말을 거는 일은 두 번 다시 없었다.

그래도 나는 어느 의미로 안심하고 있었을지도 모른다.

왜냐면 관계를 맺지 않으면 상처받을 일도 없다.

하지만 그걸로 괜찮았던 걸까? 진심으로, 그렇게 느끼고 있었던 걸까?

나는 분명 용서할 수가 없었다. 그리고 무서웠다. 또 배신당하는 게 싫었다.

"응, 같이 가자."

사실은, 너무나도 기뻐서, 그렇게 말하고 싶었는데도.

* * *

눈을 뜨자— 뺨이 젖어 있었다. 벌써 몇 번이나 이 꿈을 꿨을까.

나는 작은 한숨을 내쉬었다. 안 좋은 일이 있으면 으레 이 꿈을 꾼다.

오늘 이 꿈을 꾼 것은 아마도— 최근 렌에게 연락이 오지 않게 된 탓이다.

10월 마지막 날, 수족관에 갔다고 생각되는 날로부터 2개월이 지났다. 신년을 맞이하고 새해 인사 메시지를 보낸 것을 마지막으로, 여느 때는 하루에 몇 번인가 오는 메시지가 벌써 2주나 오지 않고 있다.

단지 새해가 밝은 것뿐인데, 매년 엄마가 만들어 주는 달콤짭짤한 백 된장 오조우니*를 먹고 있을 때는 이런 일이 생기리라고는 생각조차 하지 않았다.

게다가 렌과 친구가 되고 나서 이렇게나 오랫동안 연락이 없는 건 처음 있는 일이라, 나는 동요하지 않을 수 없

* 된장 국물에 떡을 넣고 끓여 먹는 정월 요리.

었다. 혹시 무슨 일이 있었던 것일지도 모른다.

렌에게서 메시지가 오지 않는 날들은 내게 모두 잿빛이었다.

카코 〉 렌, 괜찮아?

요 2주간 몇 번이나 렌에게 메시지를 보내고 싶은 충동에 휩싸였다.

하지만 결국 보낼 수 없었다. 미움받은 걸지도 모른다고 생각하니 두려웠다.

나는 잇따라 넘쳐나는 한숨을 소화하면서, 얼굴을 씻으러 1층 세면대를 향해 계단을 내려갔다.

집이 오래된 탓에 겨울의 세면대는 냉장고 안보다도 차갑다.

회화처럼 물보라가 튄 세면대 거울에는 자신의 모습이 비치고 있다.

작년 칠석날, 신기한 꿈속에서— 키후네 신사의 연못을 들여다봤을 때 비친 그 여자애.

분명 자신일 터인데도, 그 애는 유령 같은 나와는 다르게 꽃처럼 화려한 여자애였다. 대체 그건 누구였을까. 어쩐지 계속 신경이 쓰이고 있다. 왜냐면 나는 그 애를 알고 있는 듯한 느낌이 들기 때문이다.

물방울이 달라붙은 거울 속, 긴 앞머리 사이로 보이는 눈이 나를 쳐다봤다. 나 자신도 내 눈을 보면 저주받고 말 것 같다고 느꼈다.

책을 읽을 때, 앞머리가 항상 거슬려서 견딜 수가 없었다. 하지만 앞머리를 기르면 누구의 눈도 보지 않을 수 있다. 나를 깔보는 눈을 피해왔다.

하지만 그렇게 해서 계속 피하고 있던 건— 나였을지도 모른다.

'하나코, 집에 같이 가자.'

그때 목소리를 쥐어짜 내서 '응, 같이 가자.'라고, 고작 그 한 마디만 말했으면 됐다.

줄곧, 줄곧 후회하고 있었다.

그래서 무언가를 잃어버릴 것만 같을 때, 이 꿈을 계속 꾸는 것이다.

나는 렌을 잃고 싶지 않다.

만약 정말로 렌과 만나고 있는 거라면, 미움받지 않기 위해 나는 뭘 할 수 있을까.

머릿속에는 또다시 꿈에서 본 꽃처럼 화려한 여자애가 떠오른다.

아아……, 그래.

만약 내가 무의식이 아닌 내 의식으로 렌을 만나러 간다고 한다면, 조금이라도 귀여운 여자애가 되어서 약속 장소에 서 있고 싶다.

애초에 이런 부스스한 머리카락인 채, 트레이닝복 차림으로 렌을 만났다면 렌이 지금까지 나를 싫어하지 않은 게 더 기적이다.

하지만 이대로— 나는 렌에게서 미움받고 싶지 않다. 오로지 그 일념으로, 세면대 서랍에서 가위를 꺼냈다. 크게 심호흡을 한다. 그러고 나서 천천히 가위를 얼굴 앞으로 이동시키고, 계속 길렀던 앞머리를 눈썹 밑에서 싹둑 잘랐다.

더러워진 거울에 자신이 비친다.

앞머리를 잘랐을 뿐인데, 내가 모르는 나의 모습이 거울에 비치고 있었다.

숨을 꿀꺽 삼켰다.

자신의 눈을 오랜만에 봤다. 여전히 수수한 눈이라고 생각한다. 하지만 생각했던 것보다도, 깨끗한 색깔의 눈동자를 지니고 있었다.

그리고 어째서일까, 내 눈에서는 눈물이 뚝뚝 흘러넘쳤다.

"으아아아아."

깨닫고 보니 나는 거울 앞에 쪼그려 앉아 소리 높여 울고 있었다.

우주의 끝과도 같은 방 안에서 매일 같은 일의 반복. 사실은 줄곧 울고 싶었던 것일지도 모른다. 하지만 눈물도 나오지 않았다. 슬프고, 고독해서 깊은 밤과 동화하며 숨을 쉬는 것이 고작이었다.

스마트폰으로 전해지는 렌의 메시지만이 내 생명선이었다.

"하나코, 왜 그러니?!"

새벽 두 시에, 내 울음소리를 듣고 걱정이 된 엄마가 낯빛을 바꾸며 뛰쳐 들어왔다.

"어머……? 앞머리 자른 거야……? 귀엽잖니."

흐느껴 울면서 뒤돌아보자 엄마는 갸우뚱한 표정으로 말했다.

"……엄마……아…… 나, ……나아……."

나는 트레이닝복 소매로 눈물을 닦고는, 더듬더듬하며 어찌어찌 목소리를 쥐어짜 냈다.

"왜 그러니…… 하나코."

엄마는 진심으로 놀라고 있었다. 무리도 아니다. 고등학교 졸업식 이후로, 나는 한 마디도 말하지 않았다. 엄마가 내 목소리를 들은 것은 약 4년 만의 일이었다.

나는 숨을 내쉬고는 말했다.

"……나…… 변하고, 싶어…… 바뀌고 싶어……."

그 순간, 엄마는 나를 끌어안았다. 무척 따뜻하다. 나는 그 따뜻함에 잠기듯 눈을 감았다.

"……하나코, 괜찮아. 하나코가 바뀌고 싶다고 생각한 게 이미 바뀌기 시작했다는 증거니까."

"……그런, 거야?"

엄마가 해주는 말은 언제나 긍정적이어서, 나는 그 말에 구원받는 동시에 지나치게 어리광을 부리고 있었던 것이리라. 아플 정도로 잘 알고 있다. 엄마를 안심시키기 위해서도, 나는 변해야만 한다.

"그렇단다. 잠깐 기다리렴."

엄마는 그렇게 말하고는 내 몸을 놓고 거실 쪽으로 사라지더니, 몇 분 뒤에 꽃무늬 파우치를 손에 들고 돌아왔다.

"이거, 하나코한테 주는 선물이야. 열어 보렴."

엄마는 생긋 미소 지으며 그 파우치를 내게 건넸다. 딱 보기에도 싸구려가 아니라는 것을 알 수 있는, 무척 귀여운 파우치다. 무엇이 들어 있는 걸까. 두근두근하며 지퍼를 열었다.

"와아, 귀여워……."

나는 무심코 소리를 냈다.

파우치에는 로맨틱한 장식이 달린 케이스에 수납된 화장품이 잔뜩 들어있었다. 마치 공주님이 쓸 것 같은 물건이다. 모든 제품에 JILLSTUART가 각인되어 있다. 파운데이션에 치크, 아이라이너에 아이섀도에 마스카라. 명칭을 전부 다 알지는 못하지만, 이만큼 있으면 아마도 메이크업을 완성하는 데 부족한 것은 없으리라.

"이렇게 멋진 거……, 엄마가… 사다 준 거야……?"

나는 감동하면서 물었다. 그러자 엄마는 고개를 가로저었다.

"아니. 이건 말이야, 네 친구가 너한테 건네줬으면 한다면서 가지고 와 준 거란다."

"……친구?"

유카리. 뇌리에는 문득 그 이름이 떠올랐다. 하지만 그럴 리는 없다. 유카리는 나를 기억하고 있지 않을 것이다. 내 이름조차 잊어버렸을지도 모른다.

혹시— 렌, 일까.

현재 내게 친구 같은 건 없다. 생각나는 사람은 앱 친구인 렌밖에 없었다.

"……누구?"

"갑작스럽게 찾아와서 이름을 묻는 걸 까먹었지 뭐니. 그래도, 제일 친한 친구라면서 말이야. 언제나 하나코를 생각하고 있대."

"……언제, 왔어……?"

"10월 마지막 날이었으려나. 저녁쯤에 와서 말이지, 하나코가 바뀌고 싶다고 말하면 건네주라고 부탁받았어."

확실히 그날은 내가 렌과 수족관에 갔던 것으로 되어 있는 날이다. 앞뒤는 맞지만, 만약 렌이 준 것이라고 한다면 어째서 내게 직접 건네주지 않았던 것일까.

"하나코, 엄마도 응원하고 있어. 모르는 게 있으면 물어보렴. 하지만 무리는 하지 말고. 엄마는 어떤 하나코라도 사랑하니까."

고민하고 있었더니 엄마는 뒤이어서 그렇게 말했다. 지금의 나는 언제 버림받아도 이상하지 않다. 그런데도 엄마는 어째서 항상 이렇게나 다정한 걸까. 나 같은 건 태어나지 않는 편이 좋았을 정도로 구제할 도리 없는 인간인데. 엄마는 나의 무엇을 사랑하는 걸까. 나도 언젠가 기적처럼 새로운 생명을 품으면, 알 수 있게 될까.

"……고마워."

하지만 아직, 여러 가지 것들을 잘 전할 수가 없다. 나는 가슴이 꽉 옥죄이는 느낌을 받으면서도, 목소리를 쥐어짜 냈다.

방으로 돌아가 엄마에게 건네받은 화장품을 하나하나 꺼내보았다. 밝은 색깔 파운데이션에 핑크색 계통의 아이섀도와 치크. 그리고 마법 소녀가 변신하기 위해 쓸 것 같은 투명한 스틱에는 꿈의 결정을 모은 듯한 반짝반짝한 액체가 담겨 있다.

그것이 립글로스임을 이해하는 데 약간 시간이 걸렸다. 화장을 해본 적이 없으니까, 립글로스 같은 걸 손에 쥐어 본 적도 없었다.

뚜껑 부분에는 JILLSTUART 각인이 있다. 거리를 걷고 있을 때 어디선가 본 적이 있는 듯한 브랜드지만, 당연히 매장에 들어가 본 적은 없었다.

천장의 방 불빛이 스틱의 내용물을 비추었다.

립글로스는 봄을 담아 둔 듯한 벚꽃색을 하고 있다.

렌이 나와 벚꽃을 봤다고 말한 그때, 머리에서 텔레파시 같은 것이 전해져 벚나무에서 꽃잎이 잇따라 떨어지고 분홍색으로 물들어 가는 강물의 풍경이 떠올랐다. 그건 아직 무척이나 선명했다.

나는 파우치 안에서 손거울을 꺼내고는 살며시 입술에 립글로스를 발랐다.

거울에 비친 입술은 아주 연한 색깔을 띠고 있다. 펄이 빛나 마치 입술만큼은 수줍은 소녀가 된 것 같다. 두근거린다. 이건 정말로 마법의 스틱일지도 모른다.

애니메이션에 나오는 마법 소녀처럼 순식간에 변신할 수 있다면 얼마나 좋을까, 하고 생각한다.

누구나가 뒤돌아볼 것 같은— 귀여운 여자애로 다시 태어날 수 있다면.

그렇게 되면 렌은 나를 좋아해 줄까.

나는 무의식 속에서가 아니더라도, 바깥에 나가 렌을 만날 용기를 지닐 수 있을까—.

다음 날도, 또 다음 날도, 여전히 렌에게서 연락은 없었다.

하지만 신기하게도 불안해지지는 않았다.

나는 열심히 메이크업 연습을 반복했다.

앱 아바타를 꾸미는 것보다도 분명 의미가 있는 시간이었다.

처음에는 뭘 어떻게 해야 좋을지 잘 알 수 없었지만, 블로그나 유튜브 영상을 보며 점점 메이크업은 숙달되어 갔다.

그리고 메이크업이 능숙해질 때마다, 어째서인지 나는 — 신기한 꿈속에 있던 꽃처럼 화려한 그 여자애와 닮아가는 듯한 느낌이 들었다.

* * *

렌 〉 오랫동안 연락 못 해서 정말로 미안.

렌 〉 이미 잊어버렸으려나. 만약 잊어버리지 않았다면 만나고 싶어.

렌 〉 하나코를 만나고 싶어.

그리고— 하나코에게 다시 렌이 보낸 메시지가 도착한 것은 2월 마지막 날이었다.

두 달 만의 메시지.

하나코는 침대에 뛰어들어 뒹굴면서 스마트폰을 끌어안았다.

다행이다. 정말로 다행이야……. 미움받은 게 아니었구나.

멈춰 있던 마음이 갑자기 겨울에서 봄으로 변한 듯했다.

하나코는 지금 주체할 수 없을 정도로 렌을 좋아한다는 것을 느꼈다. 렌을 좋아하기 위해 태어난 것이라 생각한다.

카코 〉 걱정했어. 괜찮아……?

카코 〉 잊지 않았어. 잊을 리가 없어.

그리고. 그리고——……

카코 〉 나도

——만나고 싶어. 렌을, 만나고 싶어.

* * *

작년 정월은 아르바이트를 하러 가는 것 외에는 줄곧 게임을 하고 있었던 것 같은데, 아마 그랬을 것이다.

그 무렵 나는 마인크래프트라는 게임에 열중하고 있었다.

자기가 창조주가 된 세계에서 정사각형 블록을 몇천 개나 쌓아 커다란 건축물을 만들고 있었다.

게임 안에는 세계가 어디까지나 펼쳐져 있고, 끝이 없어서, 무서워질 정도로 무한했다.

하지만 세계를 어디까지 넓힌들, 나는 도쿄 한구석 맨션의 원룸 방에서 아무것도 바뀌지 않은 채 시간을 보내고 있을 뿐이었다.

하지만 게임을 하고 있을 때는 무심해질 수 있다.

그렇지만 이따금 끝이 없는 게임을 플레이하고 있으면 즐겁다가도, 현실로 돌아가 아무것도 만들어 내고 있지 않은 비생산적인 시간을 마주하는 게 무서웠다.

그리고 올해 정월, 본가로 돌아가려고 생각한 건 수족관에서 하나코와 이야기하고 있을 때 문득 아버지의 움츠러든 등을 떠올렸기 때문일지도 모른다.

"다녀왔습니다."

나는 현관을 지나 오랜만에 본가의 냄새를 느끼며 밝게 말했다. 방은 먼지 하나 없고, 청결 그 자체였다.

"렌, 온 거냐."

졸업하고 나서 2년 동안 연락도 하지 않았는데, 아버지는 여전히 변함없는 모습으로 크게 흥미도 없다는 듯이 그렇게 말했다.

"오조우니, 먹을 테냐?"

그리고 무뚝뚝하게 물었다.

"예, 감사해요."

나는 여느 때 이상으로 미소를 지었다. 오히려 웃는 표정밖에 지을 줄 모르는 건가 싶을 정도로 나는 항상 아버지에게 미소를 보내고 있었다. 웃고 있지 않으면, 버림받을 것 같았기 때문이다.

아버지는 묵묵히 오조우니를 만들기 시작했고, 10분 뒤에 어딘가에서 주문한 호화로운 정월 요리를 내 앞에 내밀어 주었다. 내가 태어나지 않았다면 이 정월 요리를 혼자서 먹고 계셨을까. 그게 아니면 죽은 어머니와 같이 먹고 계셨을까. 처연함에 가슴이 아파졌다.

“잘 먹겠습니다.”

그릇에는 육수가 잘 밴 장국과 커다란 떡이 두 개 담겨 있었다.

베어 물자, 떡은 상상 이상으로 부드러웠고 맛있었다. 같이 살고 있을 때는 몰랐지만, 다른 사람이 만들어 주는 식사는 이렇게나 맛있는 것임을 통감했다.

아버지는 역시 내가 있어도 기뻐하는 것 같지 않았지만, 오늘은 오길 잘했을지도 모른다. 그렇게 생각하며 장국을 후루룩 마셨을 때였다.

“렌, 나는 이제 곧 죽는다.”

아버지는 갑작스럽게 말했다.

젓가락을 든 손이 굳었다. 아버지는 농담을 하는 타입도 아니고, 농담을 하는 모습 같은 건 본 적도 없다.

"요전에 정밀 검사 결과로 병원에 불려가서 말이다. 말기 암이더구나. 길어 봐야 앞으로 반년이라는 것 같다. 연명 치료는 하지 않을 거다. 이걸로 겨우 네 엄마가 있는 곳에 갈 수 있어."

어딜 봐야 좋을지 알 수 없을 정도로 동요하고 있는 나와는 대조적으로, 아버지는 담담하게 말했다.

"……그렇군요."

아무리 그래도 미소를 지을 수는 없었고, 지어서도 안 된다. 하지만 이럴 때 어떻게 반응하는 게 정답일까. 답을 알지 못한 채, 나는 들고 있던 그릇을 테이블에 내려놓았다.

"렌, 너한테는 미안한 짓을 했다고 생각한다."

대체 무슨 이야기를 할 생각일까. 나는 전율했다.

"이상한 말이 되겠지만, 네가 태어났을 때 내 인생은 끝나고 말았어. 사랑하는 사람이 사라진 슬픔으로 가득해서 너를……, 진심으로 사랑해 줄 수가 없었다. 너를 위해 일하는 것밖에 할 수가 없었어. 정말로 미안하다."

아버지는 내 눈을 지그시 쳐다보고는 희미하게 눈물을 띠며 말했다.

그런 아버지의 얼굴을 본 것은 태어나서 처음이었다.

나는 무슨 생각을 하면 좋은 것일까. 뭐라고 말하면 사랑받을까.

"예…… 괜찮아요, 알고 있었어요. 괴로운 상황에서도, 저를 키워 주셔서 감사합니다."

나는 그 답을 알지 못한 채, 그렇게 말한 뒤 미소 지었다. 그것밖에 할 수 없었다.

당장이라도 마음이 부서지고 말 것만 같았다. 아버지가 만들어 준 오조우니를 더는 먹을 수 없었다.

그러고 나서 한동안, 아무것도 손에 잡히지 않았다. 무기력했다. 생활비를 위해서 그리고 가게나 동료에게 폐는 끼칠 수 없으니까 아르바이트는 쉬지 않고 갔지만, 새해 복 많이 받으라는 대화를 마지막으로 하나코에게 메시지도 보내지 못하고 있다.

나는 또다시 죽고 싶어졌다.

철이 들었을 무렵부터 아버지한테서 사랑받고 있지 못한 것은 마음으로 느껴 알고 있었다. 머리로도 알고 있었다. 괜찮다고 스스로를 다독였다.

하지만 이렇게 직접 말로 듣고 나니, 태어난 의미조차 알 수 없게 되었다.

부모에게 사랑받고 싶은데, 사랑받지 못하는 나날이 얼

마나 괴로웠는지 아버지는 알지 못한다.

그때 아버지는 눈물을 띠고 있었지만, 나는 알 수 있었다. 그건 나에게 미안해서가 아닌, 아버지가 진심으로 사랑했던 단 한 사람, 어머니를 잃었을 때의 일을 떠올리고 말았기에 흐른 눈물이란 것을.

이 나이가 되어서 자신의 인생을 부모 탓으로 돌릴 수는 없다. 흘러가는 대로 살아와서, 무엇이 되고 싶은지도 알지 못한 채로 깊은 밤 속에 가라앉아 노력하지 않은 것은 나다.

하지만 거짓말이라 할지라도, 조금이라도 사랑하는 척을 해주었다면 나는 좀 더 잘 살아갈 수 있었을 듯한 느낌이 든다.

* * *

"어째, 사랑이란 건 어렵네요."

시간의 밑바닥에 녹아내려 가는 오전 0시, 쿠보 군이 내 마음을 꿰뚫어 본 것처럼 중얼거렸다.

커다란 냉장고 안에서 미네랄 워터를 보충하고 있던 손이 멈췄다.

"갑자기 왜 그래?"

"아뇨, 여자친구랑 잘 안 풀려서 말임다."

"싸우기라도 했어?"

"뭐, 싸웠다기보다는 여자랑 사귀면 어째 제가 항상 듣는 말임다만, 자기를 정말로 사랑하고 있냐면서 말이죠. 지금 여자친구는 꽤 좋아하지만, 사랑한다든가 그런 건 솔직히 잘 모르겠지 말임다. 게다가 지금은 음악에 관한 거로 머릿속이 꽉 차 있어서, 그다지 신경 써 줄 여유가 없다고 할지. 그래서 자주 연락하지 않으면 화를 낸단 말이죠. 솔직히 피곤하다고 할까."

어지간히 스트레스가 쌓여 있는 것인지 쿠보 군은 단숨에 푸념을 내뱉었다.

"그렇구나…… 힘들겠네."

그다지 공감은 안 되지만, 일단 고개를 끄덕였다. 애초에 나는 누군가와 사귄 적도 없다.

"아마시타 씨, 사랑이란 뭘까요. 뭐라고 생각하심까?"

너무 어려운 질문을 한가운데 꽂히는 돌직구로 던진다.

"뭘까. 나도 잘은 모르겠지만… 마음이 아플 정도로 무언가를 생각하는 것이려나……."

나는 다시 미네랄 워터를 정해진 위치에 늘어놓으면서

대답했다.

"아…… 심오하네요."

쿠보 군은 콜라를 보충하면서 고개를 끄덕였다.

"아니, 심오하지는 않다고 생각하는데……."

나는 쓴웃음을 지었다. 그때, 둔한 진동 소리가 울렸다. 쿠보 군은 바지 주머니에서 스마트폰을 꺼냈다.

"아, 죄송함다! 여자친구한테서 전화 엄청 왔었네요. 조금 먼저 휴식 들어가도 되겠슴까?"

"아, 응. 괜찮아."

"감삼다."

쿠보 군은 여자친구한테 전화를 걸면서 냉장고 밖으로 나갔다. 이야기만 들었을 땐, 쿠보 군이나 그 여자친구나 피차일반인 것 같은 느낌도 들지만, 누구나가 그렇듯, 부족한 부분을 갈구하며 누군가를 좋아하게 된다는 걸 지금은 알 수 있다.

조금 전에 잘 모르면서도 나름대로 대답해 보긴 했지만, 사랑이란 건 사실은 어디에도 없는 것일지 모른다.

그러나 나를 포함한 모두가, 그것을 찾으며 살아가고 있다.

* * *

동이 틀 무렵, 아르바이트를 끝내고 집에 돌아오자, 어쩐지 평소보다 더 지쳐 있었다.

침대에 누워 눈을 감자 파도가 모래를 휩쓸어가는 것처럼 졸음은 금방 몰려왔다. 따뜻한 물에 감겨 있는 것만 같은 얕은 졸음 한가운데서, 나는 아련한 꿈을 꾸고 있었다.

꿈을 꾸는 건 몇 년 만일까.

꿈속에서 이미 이 세상에는 없을 터인 바론을 쓰다듬고 있었다. 바론의 금색 털은 푹신푹신하고 체온이 있어서, 살아있을 때의 감촉이었다.

"바론, 어째서 작별 인사도 없이 가 버린 거야."

그렇게 말하자 바론은 조금 슬픈 듯이 끄응, 하고 울었다.

꿈속에서 조용히 떠올렸다.

바론이 죽은 다음 날, 나는 화장터에 가지 않았다. 거기 가면 바론이 불에 타고 만다. 좋아했던 바론이, 정말로 없어지고 만다. 그런 건 상상하는 것만으로도 견딜 수가 없었다. 나는 바론이 죽고 만 것을 믿고 싶지 않았다.

그도 그럴 것이, 항상 같이 있었는데. 언제나 내가 돌아오는 것을 기다려 주었는데.

그러니…… 그때— 작별 인사를 하지 못했던 것은, 내 쪽이었다.

"바론, 미안…… 미안해."

바론은 끄응, 하고 울고는 내 눈물을 닦아내는 것처럼 핥았다.

"쭉……, 쭉 함께 있고 싶었어……."

나는 바론을 끌어안고 울었다. 그것이 꿈속이라 해도, 눈물이 나오는 건 바론이 사라진 그 날 이후로 처음이었다.

울면서 눈을 떴다.

한동안 눈물은 멎지 않았다.

바론이 없어진 그 날부터 나는 줄곧 외로웠다.

이 세상에 태어났을 때부터 내게 무한한 사랑을 준 것은 바론 뿐이었으니까.

그런 바론이 없어지고, 나는 더욱 고독해졌다.

—렌은 분명 남들보다 훨씬 사랑이 깊어서 그래.

처음 만난 날, 하나코는 그렇게 말해 주었다. 그 순간 나는 처음으로 아플 만큼 무언가를 생각하는 이 감정이 사랑임을 알게 되었다.

그리고 그날, 나는 처음으로 누군가를 좋아하게 되었다.

하나코를 좋아하게 됐다.

언제나 아름답고 다정한 말을 건네주는 하나코를.

나와 마찬가지로 깊은 밤 속에 있는 하나코를.

렌 〉 오랫동안 연락 못 해서 정말로 미안.

렌 〉 이미 잊어버렸으려나. 만약 잊어버리지 않았다면 만나고 싶어.

렌 〉 하나코를 만나고 싶어.

감정에 내맡긴 채 메시지를 보낸 뒤, 스마트폰을 꽉 쥐고 침대에 풀썩 쓰러졌다. 잠들고 나서 곧바로 눈을 떴기 때문일 것이다. 또다시 견딜 수 없는 졸음이 덮쳐왔다.

나는 다시 눈을 감으려고 했다.

그때, 켜둔 채로 놔뒀던 TV에서 최근 발매된 새로운 앱의 광고가 나오는 게 몽롱해진 시야 한구석에 어렴풋이 비쳤다.

「새로운 이야기가 시작돼!」

앱 속의 마법 소녀는 그렇게 외치고 있었다.

* * *

카코 〉 나도── 만나고 싶어.

3월 1일. 하나코와는 여느 때처럼 교토역 대계단에서 만나기로 되어 있다.

약속 시각 15분 전에 도착한 나는 먼저 서점에 들렀다. 일주일 전에 발매된 책이 있다.

「4.7inch 속 세계에서 사랑을 한다」

―가짜 사진이나 가시가 돋친 말이 난무하는 4.7inch 속 세계에 너는 갑작스럽게 나타났다. 너의 얼굴도, 목소리도, 진짜 이름도 모르는데, 나는 태어나서 처음으로 사랑을 했다. ―띠지에는 그렇게 적혀 있다.

말할 것도 없이, 이우라 씨의 소설이다.

눈에 띄는 장소에 상당한 부수가 진열되어 있다. 발매되고 나서 곧장 화제가 된 건, 인기 아이돌 그룹의 센터 여자애가 매우 재밌게 읽었다며 Instagram이나 Twitter에서 소개한 게 발단이라고 한다.

딱히 자신에 관한 게 쓰여 있는 것도 아닌데, 나는 어쩐지 쑥스러운 기분으로 책을 사고는 도망치듯이 약속 장소로 향했다.

하지만 약속한 12시가 지나도 하나코는 나타나지 않았다.

무슨 일이 있었던 건가. 걱정되면서도 나는 시간을 보내고자 구매한 책 사진을 찍어 아직 읽지도 않았지만, '#추천하는책'이라고 적어 Instagram에 올렸다.

그러고 보니, 해파리 사진을 올린 뒤로 아무것도 하지 않았다. 이번만큼은 올릴 게 없었다고 말하는 편이 맞다.

타임라인에 반영되자마자 곧바로 댓글이 달렸다. 아오모리 양이었다.

〉이 이우라라는 사람, 혹시 그 이우라 씨인가요?

대답해도 괜찮은 걸까. 망설이면서도 '맞아'라고 답글을 달았다. 그러고 나서 나는 그제야 소설책을 펼쳤다.

서두는 은둔형 외톨이인 여자애가 꿈에서 깨는 장면부터 시작되고 있었다.

이건 분명— 하나코일 것이다. 깨닫고 보니 정신없이 이후 내용을 읽고 있었다. 문학적인 건 전혀 모른다. 단지 이 이야기의 결말이 어떻게 될지 신경 쓰였다.

"렌…… 늦어서, 미안!"

잠시 후 하나코의 목소리에 정신을 차렸다. 워프한 것처럼 이야기 속 세계에 빠져들어 있었다. 이런 건 게임을 하고 있을 때 말고는 처음이다.

"아냐, 신경 쓰지 마."

정성스레 쓰인 문장에서 고개를 들고, 나는 미소 지었다.

하나코는 살짝 숨을 헐떡이고 있다.

하나코가 지각을 한 건 처음 있는 일이다. 어쩐지 하나코의 안색이 조금 안 좋아 보이는 건 기분 탓일까. 몸 상태가 나빴던 걸까.

하지만 그 이상으로 신경 쓰인 건 헤어스타일이었다.

"헤어스타일 바꿨어?"

평소에는 옆으로 넘기고 있던 앞머리가 눈 위 높이에서 깔끔하게 정돈되어 있다.

"아, 응! 알아봐 줬구나."

하나코는 기쁜 듯이 앞머리를 매만졌다.

"한순간에 알았어. 잘 어울린다. 무척 귀여워."

그런 부끄러운 대사를 내뱉은 자신에게 깜짝 놀라면서도, 무심코 넋을 잃고 보고 말았다.

앞머리를 잘랐을 뿐인데, 어쩐지 다른 사람 같다. 하나코라는 이름에 한층 더 잘 어울리는 모습이다.

"나도, 그렇게 생각해."

하나코는 살짝 자랑스럽게 말했다.

"뭐야, 그게."

서로 마주 보고 웃자, 연락을 주고받지 않았던 2주가, 만나지 않았던 4개월의 격차가 단숨에 줄어들었다.

"농담이야. 과감하게 도전한 거니까, 칭찬받아서 기뻐."

"그렇구나. 정말로 잘 어울려."

"고마워."

하나코는 쑥스러운 듯이 말했다. 어쩐지 나까지 쑥스러워져서 화제를 바꿨다.

"그런데 말이지, 미안해. 오늘은 갈 곳을 생각하지 않았어. 요새 조금 바빠서 말이야."

"혹시…… 무슨 일 있었어?"

"아니, 아무것도 아니야. 연락 못 해서 정말로 미안해."

아무 일도 아닌데 두 달이나 연락하지 않다니, 억지라는 건 알고 있다. 하지만 오늘은 아직 이야기할 수 있을 것 같지가 않다.

"렌— 괴로운 일이 있을 때는 무리해서 웃지 않아도

돼."

하나코는 그렇게 말하고는 슬픈 표정으로 미소 지었다.

어째서 하나코는 내가 마음속 어딘가에서 듣고 싶었던 말을 해주는 걸까.

"괜찮아. 하나코와 있으면 즐거우니까 웃는 것뿐이야."

나는 그렇게 말했다. 그것도 거짓말은 아니다.

"그렇구나…… 그렇다면 다행이야. 아, 저기 말이야. 괜찮으면 오늘 갈 곳은 내가 생각해도 돼?"

하나코는 그 이상 캐묻지 않았다.

"응. 물론."

분명 신경을 써 주고 있는 것이리라. 하나코의 제안을 받아들여 나는 고개를 끄덕였다.

"그럼, 우선은 영화를 보러 가지 않을래? 나 보고 싶은 작품이 있어. 가와라마치 쪽으로 가자."

"응. 고마워."

"그럼, 출발!"

하나코가 웃는다. 몸이 안 좋은 건가 하고 걱정했지만, 하나코는 여느 때보다 더욱더 활기차 보인다.

다행이다. 나는 안심하면서 걷기 시작했다.

그러고 나서 지하철로 산조케이한까지 간 뒤 데라마치의 카페에서 점심을 먹고 신쿄고쿠의 MOVIX에서 화제의 애니메이션 영화를 봤다.

"엄청 재밌다!"

극장에서 빠져나와 하나코가 완전히 감동한 목소리로 말했다.

"뭔가 시간이 흘러가는 연출이 엄청났어."

그렇게 말하는 나도 상당히 감동하고 있었다. 하나코와 같이 오지 않았다면 절대로 영화관에서는 보지 않았을 것이다. 그렇게 생각하니 어쩐지 득을 본 기분이다. 게다가 이 멋진 작품을 하나코와 볼 수 있었던 게 기뻤다.

"응. 노래도 무척 감동적이었어."

"노래 좋았지. 이렇게 유행하는 이유를 알 것 같아."

"한 번 더 보고 싶어지네."

"확실히, 한 번 더 보고 싶어."

고개를 끄덕이며, 아직 발매하지도 않은 블루레이를 벌써 사고 싶어졌다.

"그러고 보니 나, 누군가랑 같이 영화를 본 건 처음이야."

"나도. 애초에 영화관에 오는 것도 몇 년 만이네."

"나도 그래. 그렇지만 렌과 함께라면 어디든 갈 수 있을 것 같아."

하나코는 부드럽게 미소 지었다.

나는 하나코의 그 얼굴을 좋아한다. 아무도 알아차리지 못하는 길가에서 작은 꽃이 핀 것 같은, 그 미소가.

"그러네. 또 어디 가고 싶은 곳 있어?"

나는 조금 쑥스러워하면서 영화관 앞에서 말했다.

"응, 저기…… 물건을 사러 가고 싶은데, 같이 가줄래?"

"좋아. 뭘 살 건데?"

"그게 말이지, 친구가 이제 곧 생일이라, 구두를 선물하고 싶어."

"구두? 어디서 팔려나."

"저기…… 나도 잘은 몰라서. 일단 백화점에 가도 괜찮을까?"

"응, 그러자."

그러고 나서 신쿄고쿠를 빠져나와 시조가와라마치에 있는 다카시마야 백화점에 왔다. 화장품 판매처 앞에 신발 플로어가 펼쳐져 있다. 여기라면 찾을 수 있을 것 같다.

"저기, 렌. 골라 주지 않을래?"

그러자 하나코가 말했다.

"어? 내가 고르는 거야?"

"응. 렌이 여자애가 신어 줬으면 하는 구두를 골라줘. 그편이 분명 귀여운 걸 찾을 수 있을 거야."

"하지만 난 그만한 센스가 없는데?"

"그렇지 않아. 나보다 센스 좋아."

하나코는 진심으로 그렇게 생각하고 있는 걸까. 누가 봐도 하나코가 더 세련된 차림이다. 하지만 이렇게까지 부탁하는데 거절할 이유도 없다.

"으음~…… 그러면 친구는 어떤 사람이야?"

"어디 보자… 낭만주의자에, 말하는 게 좀 서툴고, 책을 좋아하고…… 엄청 다정해."

하나코는 분명 그 친구를 떠올리면서, 들뜬 목소리로 대답했다. 정말로 그 친구를 좋아하는 것이리라.

"뭔가, 하나코 같네."

"응. 나랑 무척 닮았어."

"그렇구나. ……으음…… 어떻게 할까."

물어보기는 했지만, 여자애의 취미는 잘 모른다. 나는 잠시 가게 안을 서성였다.

"……아, 이건 어때? 괜찮을지도 몰라."

그리고 10분 정도가 지났을 때, JILLSTUART라는 브랜드의 구두가 진열된 선반 앞에서, 눈에 띈 은색 펌프스를 가리켰다. 하나코에게 무척이나 잘 어울릴 것 같은 느낌이 들었기 때문이다.

"아, 귀여워! 뭔가 신데렐라의 구두 같아. 응. 분명 마음에 들어 할 거야. 곧바로 사 올게!"

하나코는 그 구두를 소중하게 품에 안고 판매원이 있는 곳으로 향했다.

그 후에 산조 가와라마치로 돌아왔다.

"멋진 구두를 골라줘서 고마워."

"응. 기뻐해 주면 좋겠네."

"분명 눈물이 나올 정도로 기뻐할 거야."

"그렇게나?"

"응. 그렇게나."

그런 대화를 하며 산조 오하시 옆에 있는 스타벅스에서 나는 녹차라테, 하나코는 캐러멜 마키아토를 사서 가모가와로 이동했다.

강을 사이에 낀 서쪽 강기슭에는 지시라도 받은 것처럼 커플들이 일정한 간격으로 앉아 있다. 우리는 그 맞은편 — 동쪽에 앉았다.

"이쪽에 앉아서 보는 경치가 제일 좋다고 쓰여 있었어."

나는 그렇게 말했다. 아르바이트를 쉬는 날, 교토 데이트 코스를 알아보고 있을 때, 그런 정보를 보았다. 확실히 동쪽은 사람이 적은 데다, 사진으로만 보던 가모가와강의 경치가 보여 아름다웠다.

"정말이네. 난 누군가랑 밖에 나가본 적이 없어서, 교토에 살고 있는데도 아무것도 몰라."

"친구 하고도 밖에 나가지 않았어? 조금 전에 선물을 산 친구는?"

"그…… 그 애는 메시지 교환을 하고 있을 뿐이고, 만난 적은 없어. 하지만 쭉 사이가 좋아."

"그렇구나. 하지만 하나코가 친구가 없다니, 믿기지 않네."

나는 그렇게 말했다. 그러고 보니 하나코는 방금 그 친구가 말하는 게 서툴다고 했는데, 전화 통화 같은 걸 하는 걸까.

벌써 2년 가까이 메시지를 주고받고 있는데도, 나는 역시 하나코에 대해 아무것도 모른다.

"그래? 난 정말로 서투르니까 말이지."

지금 맞은편에 앉은 커플들은 무슨 이야기를 하고 있을까.

좋아하는 사람과는 뭘 이야기하는 걸까.

나는— 하나코에게 이야기해야만 하는 것이 잔뜩 있다.

그리고 물어봐야 할 것도.

"이걸 물어봐도 될까……? 어째서 하나코는 집에만 있는 거야?"

하나코는 후우, 하고 숨을 내쉬었다.

"……고등학생 때, 좋아하는 남자애가 있었어."

"응."

하나코가 좋아하게 된 남자애— 어떤 사람이었을까. 알고 싶은 것 같기도 하고, 알고 싶지 않은 것 같기도 한 복잡한 감정이 소용돌이쳤다.

"그 남자애는 공기 같은 나한테 매일 안녕, 하고 말을 걸어 줬어. 기뻤어. 나는 처음으로 사랑을 알게 됐어. 하지만 그 남자애는 인기가 많았고, 아무리 가까이에 있어도 먼 존재였어. 그래서 보고만 있는 사랑으로도 괜찮았어."

하나코가 교실 안에서 혼자 창밖을 바라보고 있는 모습을, 나는 선명하게 상상할 수 있었다.

그 에피소드가 자신과 너무나도 겹쳐서, 쿠라타가 떠올랐다.

"그러다 졸업식 날에 그 애한테 고백을 받았어."

"서로 좋아했다는 거야……?"

하나코의 고백에 나는 동요하면서 물어봤다.

"아니, 그런 게 아니야."

하나코가 고개를 가로저었다. 나는 그 결말을 조금 깨달았다.

"벌칙 게임이었어."

하나코가 말했다. 그 목소리는 아직 상처받은 것처럼 들렸다.

"용서 못 해."

나는 반사적으로 그렇게 말했다.

하지만 그건 분명— 나 자신에게 말한 것이다.

쿠라타가 떨리는 손으로 준 러브레터는 반 애들 전체가 돌려보면서 읽었는데, 나는 사과도 하러 가지 않았다.

반 애들과 같이, 웃고 있었다. 하지만 계속 신경 쓰였다. 사라지지 않았다.

—답례로 손수건을 건넸을 때의, 그 기뻐 보이는 얼굴이.

"응…… 나도, 용서할 수 없었어. 하지만 말이야, 벌칙 게임이라도 기뻤어. 처음으로 이야기를 할 수 있어서, 기뻤어. 그렇게 생각하는 나도 있었던 거야."

하나코는 쓴웃음을 지었다.

"그리고 말이야, 나는 스스로가 싫어졌어. 살아있는 게 정말, 부끄러워지고……, 그 남자애나 반 애들과 만나는 게 무서워서, 밖에…… 나갈 수 없게 됐어."

가슴이 아파진다.

그날, 하나코는 어떤 심정으로 교토역까지 와 준 걸까.

"하지만 하나코는 그날 나를 만나러 와 줬잖아. 어째서……?"

나는 하나코를 귀엽다고 생각한다.

하지만 내가 아닌 다른 누군가가 보기에는 아닐지도 모른다.

처음으로 만난 날, 내 눈에 하나코가 그렇게나 특별하게 비친 것은 하나코가 멋진 여자라는 것을 만나기 전부터 알고 있었기 때문일지도 모른다.

"……나도 줄곧 만나고 싶다고 생각했으니까. 그리고 렌이 보낸 메시지를 읽은 순간…… 꼭 가야겠다는 생각이 들었어. 가지 않으면 언제까지나 이대로라고……. 사실은 무서웠어. 렌을 만나는 게 무서웠다는 게 아니야. 바깥에 나가는 게 무서웠어. 하지만 그날, 렌과 둘이서 걸으며 본 세상은 아름다웠어. 그러니까…… 렌이 만나자고 하는 날만큼은 밖에 나갈 용기가 생겨. 하지만 솔직히 그 외의 날은 계속 틀어박혀 있어. 어떻게든 고쳐보고 싶지만, 어떻게 해도 안 돼……. 고작 그런 일로라고 생각할지도 모르지만, 깊은 밤 속에서 빠져나오지 못하고 있어. 못난 별 사람이지."

"그렇지 않아. 나도 대학을 졸업하고 나서 요 3년간, 아르바이트는 하고 있었지만 그것 말고는 어디에도 가지 않았고, 게임만 하고 있어서 은둔형 외톨이나 마찬가지였어. 어째서 오늘도 살아있는지 알 수가 없고, 허무해서 줄곧 무기력했어. 하지만 하나코를 만나서……, 잘은 말할 수 없지만, 살아있다고 느꼈어. 그러니까 그게…… 하나코는…… 못난 사람이 아니야. 하나코는 멋진 여자야."

"……고마워. 그렇게 말해 줘서 기뻐."

하나코는 눈물을 뚝뚝 흘렸다.

그 눈물은 무의식적으로 넘쳐나온 것일까. 하나코는 자기가 울고 있다는 것을 알아차리지 못하고 있었다.

"하나코…… 오늘 하고 싶은 말이 있어."

어제 하나코에게 만나고 싶다고 메시지를 보낸 순간부터, 이 마음을 전하고자 결심하고 있었다.

아니면 처음으로 만나고 싶다고 말한 날부터 정해져 있었던 것일지도 모른다.

"응. 뭔데……?"

하나코는 나를 똑바로 바라봤다.

"나……."

막상 때가 닥치니 목소리가 떨린다. 하지만 똑바로 전해야 한다.

왜냐면 처음으로, 태어나서 처음으로 누군가를 진심으로 좋아하게 되었으니까.

"나는…… 하나코를……"

—좋아해.

그렇게 말하려던 순간,

"자, 잠깐만!"

하나코가 엄청난 기세로 내 말을 가로막았다.

"……어?"

무슨 일이지. 나는 예상도 하지 않았던 전개에 얼빠진 표정을 지었다.

"그게 말이야…… 이다음은…… 메시지로 말해 주지…… 않을래……?"

"저기…… 뭐야, 그 광고 같은 말은."

어울리지도 않게 딴지를 거는 한편으로, 온몸에서 힘이 빠져나갔다.

이건— 거절당한 걸까?

"미안. 그게 아니라, 렌이 해주는 말을 남겨 두고 싶어. 메시지라면, 쭉 남으니까."

하나코는 애원하듯이 말했다.

장난으로 얼버무리고 있는 것 같다는 생각은 들지 않는다.

"그렇구나…… 다행이야."

하나코의 생각을 완전히 이해한 건 아니었지만, 나는 그제야 쉬는 걸 잊었던 호흡이 되돌아왔다.

"어?"

"고백도 안 시켜주는 건가 하고 생각했어."

이미 고백한 것이나 마찬가지다. 나는 태도를 대담하게 바꿔 말했다.

"그, 그럴 리 없잖아! 하지만…… 나는 렌이 보내주는 메시지를 정말 좋아하니까……. 그러니까, 부탁이야."

"응, 알았어."

완전히 이해하기는 어렵지만 이젠 고개를 끄덕일 수밖에 없다.

가모가와강에 노을이 진다.

교토에는 도쿄와 같은 높은 건물이 없어서, 올려다본 하늘은 돔 형태의 플라네타리움 안에 있는 것처럼 우주로 이어져 있다는 것을 실감케 한다.

곁눈질로 옆을 보니 하나코는 진지한 표정으로 맞은편 커플들을 보고 있다. 하나코는 지금 무슨 생각을 하는 걸까. 신기한 여자애다.

"오늘은 이만 돌아갈게."

나는 그렇게 말했다.

"……응. 교토역까지 배웅해도 돼?"

"그럼, 손잡아도 될까?"

그런 말을 한 건 분명 고백에 대한 대답을 원했기 때문일지도 모른다.

그 순간, 폭죽의 불꽃이 팡 터지는 것처럼 하나코의 얼굴이 빨개졌다. 그 반응에 나는 조금 안도했다.

"으, 응……."

하나코는 목소리를 약간 떨면서 고개를 끄덕였다.

그 뒤에 조심스럽게 손가락을 감고— 손을 잡았다.

하나코의 손을 부드럽고, 따뜻했다.

개찰구에 도착해서 누가 먼저랄 것도 없이 손을 놓았다.

"그럼, 갈게."

나는 표를 산 뒤 말했다.

"저기, 렌……."

하나코는 조금 전까지 잡고 있던 내 손을 서글픈 듯이 바라보면서, 내 이름을 불렀다.

"왜?"

"……나, 렌을 만날 수 있어서, 기뻤어."

마치 이제 두 번 다시 만날 수 없다는 듯한 말투다.

"응, 나도 그래."

내가 그렇게 말하자, 하나코는 당장이라도 울음을 터뜨릴 것 같은 표정을 짓고 있었다. 그만큼 작별을 아쉬워하고 있는 것일까. 그렇게 생각하니 기뻤다.

"저기 말이야…… 다음에 만나는 날, 3월 31일로 하지 않을래? 그날은 하나코의 생일이야. 고백에 대한 대답은 그때 해도 돼……?"

하나코는 스스로를 이름으로 부르는 타입이 아니다. 하지만 예전에도 이런 경우가 있었다. 사실은 자기를 이름으로 부르는 버릇이 있는 것일까.

"응. 알았어. 12시에 대계단에서 기다릴게."

사소한 것이 신경 쓰이면서도, 나는 고개를 끄덕였다.

"고마워. 그리고…… 마지막으로 하고 싶은 말이 딱 하나 있어."

"뭔데?"

다음에 만날 약속을 한 참인데, 마지막이라니 호들갑이다. 하지만 하나코의 음색은 진지했다. 무슨 말을 하려는 걸까.

"나 말이야……, 내 이름, 카코라고 해."

맥이 빠진다. 하나코의 닉네임이 카코라는 것쯤은 알고 있다.

"그런 거, 알고 있어."

나는 웃었다.

"그렇지."

하나코도 웃었다. 어쩌면 하나코도 역시 교토 사람답게 고차원 개그를 던진 걸까.

"응. 그럼, 카코― 또 보자?"

농담을 잘 못 받아주는 사람이라고 여겨지는 것도 좀 그렇다. 나는 살짝 농담조로 말했다.

"응…… 또 봐, 렌."

하지만 하나코는 조금도 웃지 않고, 또다시 울음을 터뜨릴 것 같은 눈으로 그렇게 말하고는 등을 휙 돌려 인파 속으로 사라지고 말았다.

평소에는 모습이 보이지 않을 때까지 손을 흔들어 줬는

데, 어떻게 된 걸까.

한동안 나는 그 자리에 가만히 선 채, 어째서인지는 모르겠지만— 이제 두 번 다시 하나코를 만나지 못할 것 같은 느낌을 받았다.

* * *

퍼뜩 정신이 들었을 때, 나는 교토역 지하도에 서 있었다.

사람들의 웅성거림도, 공기의 감촉도, 눈에 비치는 경치까지도. 이건 그야말로 생생한 현실이었다.

이건 꿈이 아니다— 그렇게 느낄 정도로.

하지만 나는 이런 곳에 온 기억은 없고, 당연하지만 밖에 나간 기억도 없다.

카코 〉 걱정했어. 괜찮아……?

카코 〉 잊지 않았어. 잊을 리가 없어.

카코 〉 나도

또다시— 이번에는 몇 개월 만에 온 렌의 메시지에 그렇게 답변을 쓰던 도중부터 그 이후의 기억이 없다. 어쨌든, 여기가 여느 때처럼 불가사의한 꿈속이라고 해도, 빨리 집에 돌아가고 싶다…….

나는 휘청거리고 창백해지면서도, 웅성거리는 소리 사이를 걸어나가려고 했다.

그때였다.

앞에서 남자가 걸어왔다. 꿈속은 물속과 비슷해서 어렴풋하게밖에 보이지 않지만, 그 사람은 언제나 꿈에 나오는 남자가 아니었다. 하지만 무척 멋진 남자라는 것은 알 수 있었다.

왜냐면 이렇게나, 가슴이 찢어질 것만 같을 정도로 두근두근하고 있으니까.

"렌……?"

분명 그럴 거라고 생각했다.

"렌……!"

나는 힘없는 목소리로 그 이름을 부르고 있었다.

그러자― 렌은 내 앞에서 걸음을 딱 멈췄다.

그 순간 심장이 한층 더 빨리 움직이는 것을 느꼈다. 그건 비정상적일 정도로, 심장이 당장이라도 망가져 버릴 정도의 격렬한 고동이었다.

렌은 나를 물끄러미 내려다봤다. 그리고 분명하게 목소리를 냈다.

"괜찮다면, 나랑 사귀어 줬으면 좋겠어."

그건 언젠가, 누군가에게 들은 대사랑 같았다.

"네……."

나는 떨면서 고개를 끄덕였다.

기쁘다. 그때 이상으로 그렇게 느꼈다. 왜냐면, 메시지를 주고받으면서 계속 생각하고 있었으니까. 렌도 나를 좋아했으면 좋겠다고.

"무슨 소리를 하는 거야, 이건 벌칙 게임이라고."

하지만 역시나 그건— 거짓말이었다.

순식간에 마음이 폭발한다.

나는 녹아내리는 것처럼 그 자리에 주저앉았다.

하지만 사실은 알고 있었다.

렌이 나 같은 걸 좋아해 줄 리가 없다는 것쯤은.

그런데도 무의식적으로 눈물이 뚝뚝 흘러넘친다.

슬프고, 또 슬퍼서, 멈추지 않는다.

"음침한 여자는 기분 나쁘다고."

우는 내 얼굴을 보면서, 렌은 비웃었다.

* * *

"하아, 하아."

격렬한 심장 고동과 함께 눈을 떴다.

이건 꿈—? 이었던 건가. 아직 심장이 쿵쾅쿵쾅하며 울렁거리고 있다.

나는 손에 쥐고 있던 스마트폰 화면을 켜고 날짜를 확인했다.

화면에는 3월 2일이라고 표시되어 있다. 그건 하루가 지났음을 나타내고 있었다. flower story에는 렌이 메시지를 보냈다는 알림이 와 있다.

……어째서일까. 메시지를 읽기 전부터 나는 무슨 메시지가 와있는지를 알고 있었다.

렌 〉하나코를 좋아해.

렌 〉나랑 사귀어 줬으면 좋겠어.

연모하는 사람이 보낸 좋아한다는 고작 그 한 문장에, 정신을 잃을 것 같을 정도로 심장이 껑충 날뛴다.

기쁘다. 그렇게 느끼는 것과 동시에, 모든 걸 선명하게 떠올려 내고 말았다.

아프다. 가슴이, 아파.

나는 무심코 양손으로 가슴을 짓눌렀다.

말은 사람의 마음을 천국에 몰아넣기도 하고, 지옥에 몰아넣기도 한다.

4년 전 졸업식 날, 마음에 새겨진 글자가 뇌리에 되풀이 된다.

그건 게임 데이터처럼 삭제할 수는 없다. 떠올리면 증식하는 것처럼, 점점 마음속 깊은 곳에 내려와 쌓여 간다.

"하아, 하아."

호흡이, 괴롭다.

—기분 나쁘다고.

아아…… 분명 이번에도 또 벌칙 게임이다.

그렇지 않다면, 이건 꿈이다.

왜냐면 나는 렌을 만나지 않았으니까. 애초에 렌의 얼굴도 모른다.

역시 렌은 나를 누군가와 착각하고 있는 것이다. 누군가가 내 계정을 감시하여 내 행세를 하고 있었던 거다. 그리고 렌과 만나고 있었다. 이름은 어디선가 조사했다거나, 우연의 일치일 것이다. 요즘 세상에 계정을 해킹하는 건 드문 일이 아니다.

분명, 그럴 것이다. 그럴 게 뻔하다.

몇 번이고 무의식적으로 밖에 나간다니, 어떻게 생각해도 말도 안 되는 일이다.

이상한 꿈을 꾸는 건 분명 나의 잠재적인 소원일 것이다.

애초에 나는— 렌이 좋아해 줄 만한 여자애가 아니다.

아무리 메이크업을 잘했다고 하더라도, 평범한 여자애들처럼 될 수는 없다.

어째서냐면 나는 벌써 4년이나 이 방에 틀어박혀 있으니까. 밝아오지 않는 깊은 밤 속에. 이곳에서, 나갈 수 없다. 편의점조차 갈 수 없다. 바깥에 나가는 것을 생각하는 것만으로도 현기증이 난다. 무서워서 손이 떨린다. 말도 잘할 수가 없다. 그날의 일이 몇 번이고 뇌리에 되살아난다.

저기, 렌.

나는 렌을 좋아했어. 무척 좋아했어. 렌에 관해 아무것도 모르지만, 모든 걸 좋아했어.

하지만 분명— 렌이 좋아하게 된 건 내가 아니다.

내가 아닌 누군가다.

나는 4.7inch 화면을 들여다보고는, flower story 아이콘을 길게 눌러 표시된 X 버튼을 눌렀다.

그리고 나는, 손쉽게 사라졌다.

렌이 있던 세계에서, 사라졌다.

그 순간, 1% 남아 있던 배터리 잔량이 다 되어 블랙홀에 빨려 들어가는 것처럼, 눈앞이 캄캄해졌다.

——하나코.

나는 렌의 목소리를 모른다. 하지만 어둠 속에서 렌이 내 이름을 부른 느낌이 들었다.

눈물이 넘쳐흐른다. 만난 적도 없는데, 더는 렌을 만나지 못하는 게 어째서 슬픈 걸까.

모르겠다. 모르겠다.

'벌칙 게임이라고.'

하지만 또 한 번 그런 고통을 겪어야 한다면, 나는 죽고 말 것이다.

나는 이대로도 괜찮다. 상처를 받을 바에야, 이대로 깊은 밤 속에 녹아 가는 것으로 충분하다.

* * *

그리고 나는— 깨닫고 보니 렌이 없는 세상에서 숨을 쉬고 있었다.

살아있는 건지 죽은 건지도 알 수 없다.

스마트폰이 잠든 채니까, 그로부터 며칠이 지났는지조차 알 수 없다.

스마트폰이 없으면 오늘이 언제인지도 알 수 없다니 끝장이다.

하지만 하루하루가 무서울 정도로 빠르게 지나가는 것만큼은 알 수 있다.

어쩐지 이젠 뭘 할 생각도 들지 않는다. 스마트폰을 충전할 마음조차도 생기지 않았다. 그도 그럴 것이 스마트폰을 켜도 더는 렌에게서 메시지가 오지 않으니까.

밤이 시작될 때와 동이 틀 무렵에 보내지는 메시지.

띠링, 하고 스마트폰이 울리는 소리.

그것이 내 생명선이었다.

그런데도— 나는 생명선을 끊어 버렸다.

묘하게 현실적인 꿈을 꾼 뒤, 착란에 빠져 버렸다.

스스로 저지른 짓인데, 더는 렌과 대화를 나눌 수 없는 것이 세상에 오로지 홀로 남겨진 것 같아서 괴롭다.

그때 나는 이 이상 상처받고 싶지 않다고, 그 생각만을 하고 있었다.

그래서 앱을 지우면, 모든 것이 렌과 만나기 전으로 돌아갈 거란 생각을 했다. 하지만 아무것도 사라지지 않았다.

메시지를 볼 수 없게 된 지금은 이미 그것이 현실이었는지 확인할 수 없지만, 4.7inch 화면 속에서 렌은 나를 좋아한다고…… 그렇게 말해 주었다.

사귀어 주었으면 한다고.

기뻤다. 꿈만 같았다. 행복했다. 태어나길 잘했다고 느꼈다.

그런데도 나는—…….

'하나코, 집에 같이 가자.'

나는 또다시— 아무 대답도 하지 못했다.

* * *

그날 밤, 오랜만에 꿈을 꿨다.

까만 하늘에 별이 흩뿌려져 있다. 플라네타리움을 바라보면서 잠든 탓이다. 꿈속에서 그런 식으로 생각할 수 있는 건, 얕게 잠들었기 때문일 것이다.

내가 서 있던 곳은 빨간 가로등이 늘어선 돌계단 앞이었다.

이곳은 키후네 신사다.

주변을 둘러봐도 아무도 없다.

나는 계단을 한 단씩 올라갔다. 온 적이 없을 텐데, 그 너머에 무엇이 있는지 나는 알고 있었다.

경내에 들어가 안쪽으로 나아갔다. 그곳에는 역시나 그 연못이 있었다.

나는 연못을 들여다봤다.

그러자 거기에는— 10살 때의 자신이 비치고 있었다. 그 빨간 원피스를 입고 있다.

"다음, 하나코 차례야."

10살의 나는 아직 앳된 목소리로 그렇게 말했다.

그러자 별이 가득한 하늘에서 새하얀 종이가 팔락팔락 내려왔다.

손가락으로 잡았다. —그건 물점 제비였다.

나는 고개를 끄덕이고는 물점 제비를 살며시 연못에 띄웠다.

젖은 종이에 글자가 서서히 떠오른다.

렌 을 만 나 고 싶 어

그 순간, 별이 가득한 하늘에서 잇따라 말이 내려오기 시작했다.

—만 나 고 싶 어 —만 나 고 싶 어 —만 나 고 싶 어 —만 나 고 싶 어

말은 한 글자씩 뚝뚝 소리를 내면서 내 주위에 떨어져 간다.

마치 비처럼.

나는 흩어진 말을 주워 모아 품에 끌어안았다.

마음속 어딘가에서 줄곧 바라고 있었다.

언젠가 렌을 만나고 싶다고.

—렌 —렌 —렌 —렌

마음속으로 그 이름을 부를 때마다, 꿈속에 쏟아져 부딪치는 말의 빗줄기가 된다.

눈물이 넘쳐흐른다.

렌을 좋아한다.

처음 메시지가 왔던 날부터 줄곧.

—좋 아 해 —좋 아 해 —좋 아 해 —좋 아 해

내 마음에서 솟아 나오고 있는 것이리라. 신사에는 감정이라는 이름의 큰비가 쏟아져 내린다.

내 몸은 잇따라 쏟아지는 글자에 파묻혀 가서, 더는 앞이 보이지 않는다.

숨을 쉴 수가 없다.

아아, 달려나가지 않으면 안 된다. 여기서.

이 장소에서—.

"저기—…… 이 대 로 괜 찮 겠 어 ?"

그때, 어느샌가 옆에 서 있던 여자애가 내 얼굴을 들여다보고는 물었다.

그건 조금 전에 비친 어렸을 적의 내가 아니었다.

—그 꽃처럼 화려한 여자애였다.

동시에, 그건— 나였다.

지금의 나는 알 수 있었다. 이 아이는 화장을 하고 꾸민 나라는 것을.

그걸 알아차린 순간, 여자애는 사라졌다. 그리고 옆에는 여느 때의 남자가 나타났다.

그건 분명— 렌이었다.

하지만 무수히 쏟아지는 말의 빗줄기 속에서, 렌은 사라지려 하고 있었다.

나는 순간적으로 렌의 손을 붙잡았다.

꿈속이라고는 생각되지 않는, 따뜻한 감촉이었다.

"사라지지 말아 줘……!"

그렇게 소리치면서 꿈에서 깼을 때, 누구에게 험담을 듣는 것보다도 지금 렌을 잃는 것이 제일 싫다고 느꼈다.

나는 침대에서 벌떡 일어나서는 바닥에 놓인 스마트폰을 정신없이 붙잡아 곧바로 충전기에 꽂았다. 전원이 켜진 찰나, 앱스토어에서 검색하여 서둘러 「flower story」를 다시 설치했다.

하지만 새롭게 계정을 만들어 『렌』을 찾으려 하다가, 깨달았다.

이 앱에 유저를 검색하는 기능은 없다.

실제 친구끼리 ID를 교환하든지 SNS 연동을 하든지 게임상에서 랜덤하게 친구 신청을 하는 것 외에는 방법이 없는 것이다.

즉 렌과 나는 랜덤으로 만난 친구였다.

채팅 기능을 쓰고 있어서 메일 주소 같은 건 교환하지 않았다. 전화번호도 주소도 모른다.

이제 몇만 분의 1의 확률로 연락하는 수밖에 없다. 하지만 포기할 수 없다. 포기하고 싶지 않다. 나는 밤새도록 앱 안에서 아무렇게나 다른 유저의 가게를 방문해 렌을 찾아다녔다. 하지만 렌을 찾을 수 없었다.

절망이라는 말이 차츰 마음속에 내려와 쌓인다.

바닥에 주저앉아 망연자실하면서, 시선 끝에 있는 책장을 바라봤다.

책장은 1단이 장식장으로 되어 있어, 좋아하는 책을 전시할 수 있다. 물론 운명의 책인 「꽃 이야기」를 줄곧 장식해 두고 있었다. 그런데 꽃 이야기 옆에 산 적 없는 소설이 꽂혀 있는 것이 눈에 들어왔다.

엄마가 사다 준 것일까. 하지만 엄마는 멋대로 방에 들어오거나 하지는 않는다.

「4.7inch 속 세계에서 사랑을 한다」

나는 천천히 일어나서는, 본 적 없는 제목의 그 책을 책장에서 꺼냈다.

"어?"

깜짝 놀라 나도 모르게 숨이 새어 나왔다.

내가 좋아하는 꽃 이야기의 작가, 이우라 츠쿠루 선생님의 책이었다.

곧바로 인터넷으로 알아보니, 출간일은 1개월 전으로 되어 있다. 그렇다고 한다면 이건 약 5년 만에 나오는 이우라 선생님의 신간이다. 고등학교를 졸업하고 나서 새로운 책은 읽지 않았다. 책을 읽을 기분이 들지 않았고, 게다가 꽃 이야기 이상의 책은 더는 나오지 않을 거라고 생각하고 있었다.

하지만 첫 번째 페이지를 펼치고 읽기 시작하자, 나는 곧장 책에 열중하여 빠져들었다.

왜냐면 그건 내 이야기였으니까—.

정확히는 내 이야기 같은 게 아니지만, 주인공 여자애가 지금의 나랑 무서울 정도로 잘 들어맞았다. 나는 책장 앞에 가만히 선 채 훔쳐먹는 것처럼 조심히 소설의 뒤 내용을 읽었다.

요약하면, 은둔형 외톨이인 여자애가 SNS를 통해 너를 만나고, 태어나서 처음으로 사랑을 하여, 이윽고 현실에서 너와 만난다— 하지만 너에게는 비밀이 있었고…… 뭐, 그런 흐름의 이야기였다.

만약 바깥에 나갈 수 있었다면 나와 렌의 사랑도 이런 식으로 진전되었을까. 나는 이제는 이루어질 것 같지 않은 망상에 젖어 들며 페이지를 넘겼다.

그리고 에필로그를 다 읽었을 때, 나는 꽃 이야기를 다 읽고 났을 때 이상으로 울고 있었다. 그와 동시에, 어찌할 수 없을 만큼 가슴이 아파졌다.

아무리 이 이야기에 자신을 겹쳐 보아 사랑이 이루어진 것 같은 느낌이 들어도…… 렌을 다시 만날 수 없다.

나는 한숨을 내쉬고 손등으로 눈물을 훔치며 책을 덮으려 했다.

그 찰나였다. 책에서 하얀 종이가 하늘하늘 떨어졌다.

재빨리 붙잡아 보니, 그건 물점 제비였다. 제비에는 무언가가 적혀 있다.

「하나코, 힘내.

나는 알고 있어. 하나코가 멋진 여자애라는 것을.

자아— 옷장을 열어 봐.」

그건 누가 봐도 점괘 결과가 아니었다.

확실히, 예전에 봤을 때는 아무것도 적혀 있지 않았다. 게다가 나는 이 제비를 책상 안에 넣어 뒀을 터였다.

나도 모르게 가슴이 크게 고동친다.

불가사의한 현상에 놀랐기 때문이 아니다.

그 메시지의 필적이 내가 쓴 글자와 너무나도 비슷했기 때문이다—.

"옷장……."

나는 쭈뼛쭈뼛 옷장 문 앞에 섰다.

방에 틀어박히게 되고 나서부터는 그저 편하다는 이유로 줄곧 트레이닝복이나 잠옷만 입었기에 옷장 같은 건 줄곧 열지 않았다. 옷을 넣은 기억조차 없다. 고등학교를 졸업하고 나서는 열지 않는 문이었다.

대체 뭐가 있다는 것일까.

뭔가 희망 같은 것을 느끼면서, 나는 천천히 옷장 문을 열었다.

그 순간, 숨을 삼켰다.

좌아악, 하고 눈앞에서 벚꽃이 바람에 흩날리는 것 같았다.

안에는 마치 꽃밭이 늘어선 것처럼, 한눈에 봐도 멋지다는 것을 알 수 있는 옷이 몇 벌이나 걸려 있다.

사이즈로 봤을 때 어릴 적에 엄마가 사다 준 옷은 아니었다.

놀라면서도, 한 벌씩 순서대로 만져 나갔다. 어느 것이고 잡지에서 본 듯한, 요새 여자애들이 입는 세련된 옷들뿐이다.

그리고 옷장 아래쪽에는 깔끔하게 포장된 정사각형 상자가 놓여 있었다.

가슴이 두근거리며 크게 울리는 것은,

『이야기를 포기하지 마』

상자 위에 그렇게 적힌 메모가 남겨져 있었기 때문이다.

쓴 기억은 없지만, 필적은 역시나 자신의 글자와 매우 비슷했다.

두근거리는 가슴으로 세심하게 포장을 벗기고 상자 덮개를 열었다.

"와아."

상자 속에서 나타난 것은— 7cm 힐이 달린 은색 새 펌프스였다. 안창에는 JILLSTUART라고 적혀 있다. 파우치에 들어있던 화장품과 같은 브랜드였다. 나는 살며시 구두를 꺼냈다.

은박이 반짝반짝 빛난다. 너무나도 귀여워서, 당장이라도 이걸 신고 밖에 나가고 싶은 충동에 휩싸였다.

동화 속에서 유리구두를 받았을 때 신데렐라는 분명 이런 기분이었을지도 모른다.

문득 봤더니, 구두 상자 바닥에는 내가 고등학생 때 썼던 일기가 들어있었다.

나는 이 일기를 서랍 안 깊은 곳에 봉인해 꺼낸 적이 없다. 이제 두 번 다시 읽고 싶지 않았기 때문에.

그런데도 줄곧 버리지 못했던 건 마음속 어딘가에서 그때의 감정을 소중히 하고 있었기 때문일지도 모른다.

나는 일기를 손에 쥐어 쭈뼛쭈뼛 시선을 떨궜다. 어쩐지 지금 읽지 않으면 안 될 것 같은 느낌이 들었다.

여기에는 치바를 좋아하게 된 나날이 쓰여 있다.

고등학교 3학년인 내가 쓴 어설픈 글자를 차례로 눈으로 좇는다. 모든 것이 어제 일처럼 생생하게 되살아난다.

나는 그때, 치바와 눈이 마주치는 것만으로도 행복했

다. 치바가 내게 웃어 주는 것만으로도.

—좋아해.

그것이 벌칙 게임이라고 하더라도 기뻤다.

XX가 톡방 화면을 보여줬을 때, 죽고 싶다고 생각할 정도로 상처받았다.

하지만 사실은 처음부터 서로 좋아하는 관계가 될 수 없다는 건 알고 있었다.

그래도 나는 누군가를 좋아하게 된 것이 기뻤다.

2월 28일

내일은 졸업식이다.

힘내서 치바에게 말을 걸어 보고자 한다. 매일 나한테 말을 걸어 줘서 고마워, 라고. 힘내, 나.

졸업식 전날에 쓴 마지막 일기.

그랬을 터인데— 떨리는 글자로 그렇게 쓰여 있는 밑에, 일기가 계속되고 있었다.

그 필적은 어딜 어떻게 봐도 내 것이다.

하지만 그건— 쓴 기억이 없는 일기였다.

4월 1일

교토역에서 만나기로 약속을 했다.

렌은 하나코가 상상했던 대로— 아니, 그 이상으로 멋진 남자다.

렌이 찾아왔을 때, 너무나도 멋져서 나는 무척 긴장했다. 이런 멋진 남자와 잘 이야기할 수 있을까. 순간적으로 걱정이 들었다.

하지만 하나코를 위해, 실수할 수는 없다. 렌에게 하나코는 멋진 여자애라는 사실을 전하는 게 내 사명이라고 생각하니까.

인사를 한 뒤 렌이 알아봐 준 '철학의 길'이라는 장소에 가서, 여러 이야기를 하며 만개한 벚꽃 아래를 둘이서 걸었다.

처음 만난 느낌이 들지 않는다고 했더니, 렌은 자기도 신기할 정도로 그렇다고 말했다.

긴장이 풀려가자, 렌과 하나코는 닮았다는 생각이 들었다.

분명 두 사람이라면 잘 될 것이다. 막연하게, 하지만 선명하게 그렇게 생각했다.

그건 그렇고, 시간이 흐르는 건 어쩌면 이렇게 빠른 걸까. 벌써 돌아가야만 하는 시간이 되었다.

"카코."

오늘 줄곧 나를 향해 렌이 불러 주었던 그 이름은 하나코의 이름이 아니었다.

"나 말이야……, 내 이름…… 사실은…… 하나코라고 해."

그래서, 그렇게 말했다.

"카코한테 딱 맞는 좋은 이름이라고 생각해."

렌은 그렇게 말하고는 미소 지었다.

7월 7일

오늘은 칠석.

렌은 교토 북쪽에 있는 '키후네 신사'로 데리고 가주었다.

인연을 맺는 신사로 유명하다고 했다. 렌은 하나코보다도 교토에 대해 잘 알고 있다.

키후네 신사를 상징하는 경치 앞에서, 하나코에게 보여주기 위한 사진을 찍었다. 이걸로 하나코도 렌과 만나고 있는 게 꿈이 아니라는 걸 알아차려 줄까.

손을 씻고 나서(아까워하지 말고, 옛날부터 쓰던 손수건이 아니라 귀여운 손수건을 새로 살 걸 그랬다며 후회), 렌과 둘이서 탄자쿠에 소원을 썼다. (물 축제가 개최되고 있었다)

「내년에도 렌과 벚꽃을 보고 싶어」

그렇게 소원을 적으려 했는데, 하나코를 생각해서 '내년에는'이라고 적어 버리는 바람에 조금 당황했다.

경내 안쪽에는 연못에 제비를 띄워 미래를 점치는 물점제비라는 것이 있었다.

렌이 먼저 해서 보여줬다. 아무것도 적혀 있지 않았던 종이에는 대길이 보기 좋게 떠올랐다.

무척 즐거워 보였다.

"그럼 다음은 하나코 차례."

렌이 그렇게 말했지만, 나는 하지 않았다.

왜냐면 하나코의 운명은 하나코 것이니까. 제비는 가지고 돌아가기로 했다.

목이 말라서 신의 물로 만들어졌다는 라무네를 마셨다. 극히 평범한 라무네 맛이었지만, 렌과 같은 음료를 마시고 있다고 생각하니 맛있었다.

돌아갈 무렵에는 소나기가 내려, 하나코가 슬퍼할 걸 생각했더니 어쩐지 나까지 몹시 슬퍼졌다.

하나코가 눈을 뜰 무렵에는 그쳤으면 좋겠다.

10월 31일

여느 때처럼 교토역 종 앞에서 만날 약속을 했다.

오늘은 교토 수족관에 갔다. 어쩐지…… 데이트 같았다.

(지금까지도 그랬겠지만)

"렌은 어떤 여자애가 좋아?"

반짝반짝 빛나는 정어리가 헤엄치는 수조 앞에서 살며시 물었더니, 렌은 "말씨가 예쁜 여자애, 일까." 그렇게 대답했다.

그건 분명히 하나코였다. 나는 기쁨을 어떻게든 참으면서, "알 것 같아."라고 고개를 끄덕였다. 돌이켜 생각해 보니, 조금 이상한 반응이었을지도 모른다.

아아, 나는 렌 앞에서 하나코를 잘 연기해 내고 있을까?

조금 불안해지기 시작했다.

렌이 정말로 하나코와 만났을 때—, 다르다고 느끼게 해서는 안 된다. 나는 하나코의 일부이지만, 하나코는 내가 아니니까.

하지만 오늘 실수(는 아니지만)로 스스로를 '하나코'라고 부르고 말았다. 조심해야지…… 렌은 얼굴을 살짝 찡그리고 있었다.

해파리 수조 앞에서 잡담을 나눴다. 해파리가 아름다워서, 계속 바라보고 싶은 기분이 들었다. 렌은 진지하게 해파리 사진을 찍고 있었다.

그 후에 돌고래 쇼를 즐기고(돌고래를 다루는 빨대 피리가 잘 울리지 않았다. 렌은 능숙했다), 돌아갈 때 렌은 기념품 가게에서 빛나는 장수도롱뇽 스트랩을 사주었다. 솔직히 그다지 귀엽지는 않지만, 깜짝 선물로 준 거니까 무척 기뻤다.

하나코는 이게 장수도롱뇽이라는 걸 알까? ^^

3월 1일

서점에서 이우라 선생님의 책을 찾고 있던 탓에 약속 장소에는 조금 늦고 말았다.

이우라 선생님의 신간을 보면 분명 하나코가 기뻐할 것이다. 알아차릴 수 있게 눈에 띄는 위치에 두었다.

렌과 4개월 만의 재회로— 조금 긴장했다.

렌도 하나코를 만나서 기뻐 보이는 표정을 짓고 있었지만, 연락이 끊긴 동안 무슨 일이 있었는지는 이야기해주지 않았다.

하지만 분명 언젠가 렌이 하나코에게 이야기하고 싶을 때가 올 것이다. 그렇게 생각하고 깊게는 묻지 않았다.

그러고 나서 데라마치에 있는 카페에서 점심을 먹은 뒤, 오랜만에 영화를 봤다. 무척 보고 싶었던 연애 소재 애니메이션 영화다.

영화는 내용도 좋았지만, 감동적인 음악이 몸이 떨릴 정도로 멋졌다. 언젠가 하나코도 보고 마음에 들어 할 것이다. 그러니 스포일러는 하지 않을게.

그 뒤에 백화점에 가서 렌한테 쇼핑에 어울려 달라고 했다.

나는 하나코에게 구두를 사주고 싶었다. 하나코가 언젠가 밖에 나갈 수 있을 때 신을 구두를.

렌에게 구두를 골라달라고 부탁하자, 렌은 고민한 끝에 JILLSTUART의 은색 펌프스를 가리켰다.

마치 신데렐라의 구두 같아서 무척 멋지다고 느꼈다. 나는 망설이지 않고 그것을 샀다.

그 뒤에 가모가와강 하천 부지에서 포장해온 스타벅스 캐러멜 마키아토를 마시며(한 번 마셔 보고 싶었으니까, 기뻤다. 하나코는 스타벅스 같은 곳은 가지 않으니까), 하나코에게 일어난 졸업식 날의 사건을 렌에게 이야기했다.

렌은 "용서 못 해." 그렇게 말해 주었다.

그것만으로도 내 마음은 구원받는 듯했다.

그리고 마침내 그때가 찾아왔다.

"나는…… 하나코를……"

렌이 그렇게 말하려 한순간, 나는 눈물이 나올 뻔했다.

언젠가 하나코가 꽃 이야기를 읽고 눈물이 나왔을 때처럼, 기뻐서. 눈물이 넘쳐흐를 것만 같았다.

하나코의 사랑이 이루어지기를. 항상 그렇게 바라고 있었다.

나는 하나코에게 알려주고 싶었다. 렌이 하나코를 이렇게나 좋아한다는 것을.

그래서 말했다.

"이다음은…… 메시지로 말해 주지…… 않겠어……?"

렌은 놀라며 "뭐야, 그 광고 같은 말은."하고 황당한 표정을 짓고 있었다.

"나는…… 렌이 보내주는 메시지를 정말 좋아했으니까……. 그러니까, 부탁이야."

나는 난처한 나머지 그렇게 말했다.

렌은 굉장히 어이없어하고 있었지만 "알았어."라며 고개를 끄덕여 주었다.

그러고 나서 돌아오는 길에 처음으로 손을 잡았다. (거절 못 해서, 미안해.)

렌의 손은 따뜻하고, 컸다.

"다음에 만나는 날, 3월 31일로 하지 않을래? 그날 말이지, 하나코의 생일이야."

개찰구 앞에서 나는 그렇게 말했다. 또 자신을 하나코라고 지칭해서 렌이 미심쩍게 여겼을지도 모른다.

"알았어. 12시에 대계단에서 기다릴게."

하지만 아무런 의심도 하지 않고, 렌은 그렇게 말했다.

"또 봐, 렌."

헤어질 때, 나는 그렇게 말했다. 하지만 실은 '안녕'이라고 말했어야만 했다.

왜냐면 다음에 렌과 만나는 건 내가 아니니까.

저기, 이제 무슨 의미인지 알겠지──?

* * *

그리고 쓴 기억이 없는 일기의 내용을 읽으며, 하나코는 그것을 떠올렸다.

어렴풋하게 꿈에서 보고 있던 것들이 선명해져 간다.

렌과 처음으로 만난 것, 렌이 이름을 불러 준 것, 손을 잡은 것, 데이트를 거듭한 것, 이야기한 것— 그것들 전부가 하나코의 기억이 된다.

그리고 하나코는 처음으로 알아차렸다.

자기 속에, 또 한 명의 자신이 존재한다는 것을.

—꿈속에서가 아니라, 정말로 렌과 만나고 있었던 또 한 명의 자신을.

즉, 내 존재를.

제8화

하나코를 위한 꽃 이야기
이것은 카코에 의한,

내가 처음으로 하나코와 만난 것은 하나코가 학교에 빨간 원피스를 입고 간 날이다.

가장 사이가 좋았던 유카리가 하나코를 보고 비명을 지른 순간, 나는 태어났다.

벼락에 맞은 듯한 격렬한 충격 속에서, 하나코는 감정을 분산시키려 무의식 속에 나를 만든 것이다. 그렇게 하지 않으면 슬픔으로 마음이 죽고 말 것 같았다.

그리고 그날부터 줄곧— 나는 하나코와 함께 살아왔다.

무슨 말인가 하면, 나는 하나코에 의해 만들어진 또 한 명의 인격— 이라기보다, 또 하나의 의식이다.

나는 하나코가 원하는 이상적인 모습으로 태어난 것이니까, 하나코보다는 밝은 성격이라고 생각한다. 뭐든 관망하는 자세로 볼 수 있고, 괴로운 일에 흐트러지지도 않는다. 그런 의미에서는 하나코와 반대되는 존재라고 할 수 있을 것이다.

물론 하나코는 내 존재를 모른다.

눈치채고 있지도 않다.

자기 안에 또 다른 의식이 있다는 걸 누군가가 알려준들 믿지 않을 것이다.

하지만 나는 하나코를 알고 있다.

지금까지 하나코가 어떤 마음으로 살아왔는지도, 전부.

* * *

태어나고 나서부터 한동안 내게는 이름이 없었다. 이름을 지어 줄 사람도 없으니까 당연하다.

누군가에게 불릴 일도 없지만, 이름이 없는 건 뭔가 불편해서 어쩔 수 없이 멋대로 하나코의 한자를 빌려 독음만 바꾼 형태로 '카코'라고 스스로 이름을 지었다.

그래서 하나코가 앱 속의 닉네임을 '카코'로 했을 때는 우연이었지만 무척 기뻤다.

정말로 하나코와 일심동체가 된 듯한 느낌이 들었기 때문이다.

하나코의 몸은 대부분의 시간 동안 하나코의 것이다.

하나코가 행동하고 있을 때, 나는 수호령처럼 그저 하나코의 의식을 지켜보고 있는 것에 지나지 않는다.

하나코가 잠들어 있을 때는 나도 마찬가지로 잠든다.

하지만 하나코가 무언가 격심한 충격으로, 잠드는 게 아니라 의식의 끈을 놓았을 때 나는 하나코의 몸을 내 뜻대로 행동시킬 수 있게 된다.

하나코의 몸이 처음으로 내 것이 된 건 유카리가 하나코를 보고 비명을 지른 날로부터 일주일이 흐른 뒤의 일이었다.

하나코는 연일 계속되는 반 아이들의 시시한 비명 지르기 놀이로 인해 마음이 완전히 지쳐, 항상 일어나는 시간이 되어도 침대에서 일어나지 못했다.

오늘은 그만 꾀병으로 쉬고 자고 있자.

몽롱한 잠결 속에서 하나코는 그렇게 생각하고, 그대로 계속 잤다.

하지만.

그때 하나코의 의식은 확실하게 깨어 있었다. 아픈 것도 아닌데 학교에 가지 않는다니, 라는 성실한 마음이 그런 어중간한 상황을 초래한 것이다.

"하나코, 뭐 하니~? 이제 학교 갈 시간이야."

웬일로 일어나지 않는 하나코를 걱정하는 엄마의 부름에 나는 침대 안에서 눈을 뜨고 "응, 금방 갈게!"하고 말했다.

그건 내가 태어나서 처음으로 낸 말이었다.

나는 일어나서는 옷장을 열고 그 빨간 원피스를 입었다. 한번 입어 보고 싶었다. 게다가 이 옷은 하나코에게 무척 잘 어울렸다. 이 옷을 입고 가도, 입고 가지 않아도 어차피 하나코를 보고 비명을 지를 거라면 귀여운 하나코로 있고 싶었다.

"그 옷, 마음에 안 드는 건가 싶었는데."

거실로 내려가자 엄마는 나를 보고 말했다.

"아냐. 마음에 들어서, 더럽히고 싶지 않으니까 좀처럼 입을 수가 없어."

엄마가 준비해 준 버터가 듬뿍 발라진 식빵을 베어 물고, 나는 미소 지었다.

"그러니? 그러면 다행이야. 하지만 무리하지는 마."

그때 엄마는 어쩌면 하나코에게 일어난 일을 눈치채고 있었던 것일지도 모른다.

"무리 같은 거 안 해. 그럼, 다녀오겠습니다."

그렇게 대답하고는 빨간 원피스를 나부끼며, 들뜬 기분으로 학교에 갔다.

자신의 의식으로 통학로를 걷고 있는 것만으로도 즐거워서, 눈에 비치는 모든 것이 눈부시고 어쩐지 살아있는 느낌이 들었다.

하지만 학교에 도착한 순간, 나는 유령이 되었다.

"화장실의 하나코 양이야—! 꺄아—!"

나를 보며 가짜 티가 나는 비명을 지르는 반 애들을 보고 나는 아무렇지 않았다.

단지, 하나코가 이런 환경에서 학교생활을 한다고 생각하니, 가슴이 괴로워졌다. 어떻게든 도와주고 싶다고 생각했다.

하지만 내가 할 수 있는 건 한정되어 있었다.

"저기, 유카리."

음악실로 가기 위해 복도를 걷고 있을 때, 앞쪽에서 유카리의 모습을 발견하고 말을 걸었다.

유카리는 목소리에 반응해서 뒤돌아보고는, 나를 보고 어색한 표정을 지었다.

"마, 말 걸지 말라고 했잖아!"

유카리의 행동이 마치 연기하는 것처럼 느껴졌다.

"말 걸어서 미안해. 하지만 또 언젠가 친구가 되어 줄 거라고 믿고 있으니까."

유카리의 눈을 보고 나는 담담하게 말했다.

그때 유카리는 비명을 지르지 않았다. 단지 물끄러미 내 눈을 똑바로 마주 바라봤다.

수업 종이 울리자, 나와 유카리는 조금 거리를 두고 음악실로 갔다.

그리고 마치 하나코로서 태어난 것처럼, 나는 그날 하루를 하나코로 지냈다.

밤이 될 때까지, 하나코가 눈을 뜨는 일은 없었다.

다음으로 하나코가 의식을 놓은 것은 그날이다— 고등학교 졸업식에서 돌아오는 길.

고등학교 3학년이 된 하나코는 같은 반인 치바라는 남학생을 짝사랑하고 있었다. 치바는 순정만화에 나올 것 같이 밝고 상쾌한 남자애였다.

나도 매일 차별 없이 하나코에게 인사해 주는 치바를 나쁘게 생각한 적은 없었다. 서로 좋아하게 될 일은 없더라도, 하나코의 이 사랑이 계속 이어지면 좋겠다고 생각했다.

하지만 졸업식 날, 그 사랑은 산산이 조각나 사라졌다.

기적처럼 하나코가 치바에게 받은 고백은 XX에 의해 꾸며진 벌칙 게임이었다.

너무나도 슬프고 괴로워서, 하나코는 눈물도 나오지 않았다. 이제 이런 세상에서는 사라져 버리고 싶다고 강하게 바라면서, 귀갓길 도중에 의식을 잃었다.

그러고 나서 하나코의 몸을 이어받은 나는 참을 수 없는 분노에 휩싸이며, 집으로 가는 길을 걸었다. 그동안 계속 하나코에 관해 생각했다.

하나코 안에 태어나고 나서부터 줄곧— 내가 봐온 하나코는 확실히 너무 겁이 많은 부분은 있지만, 자신이 아무리 상처를 받는다고 할지라도 남에겐 상처입히지 않는 상냥하고 로맨틱하며 책을 사랑하는 마음이 아름다운 여자애였다.

부디— 부디 행복해졌으면 한다.

아니…… 반드시 행복해져야만 한다고 생각했다.

그리고 세 번째—.

처음으로 렌과 만난 날을 잊지 못한다.

그날 밤, 렌이 보낸 메시지로 인해 하나코의 의식이 끊어지고 하나코의 몸은 불현듯 내 것이 되었다. 졸업식 날 이후로 3년 만의 일이었다.

지금까지의 경험상, 하나코는 한번 의식을 잃으면 적어도 12시간은 자신의 의식으로 돌아가려 하지 않는다.

그래서 나는— 하나코가 의식을 잃은 사이에 내가 하나코로서 렌을 만나는 것도 가능하지 않을까 하고 생각했다.

나는 떨리는 손으로 메시지에 답장을 보냈다.

'나도, 만나고 싶어.'라고.

너무 긴장한 나머지 숨이 크게 새어 나왔다.

왜냐면 이건 거의 도박이었기 때문이다. 도중에 하나코의 의식이 돌아오면 끝이다.

하지만 할 수밖에 없었다. 지금 렌을 만나지 않으면, 하나코는 계속 이 방에서 썩어 갈 뿐인 운명이었다. 그럴 순 없다.

하지만 트레이닝복 차림으로는 밖에 나갈 수 없다. 나는 고민하면서 옷장을 열었다. 그곳에는 엄마가 선물해 준 다양한 색채를 지닌 옷들이 있었다. 예쁜 옷들이지만, 전부 아동 사이즈다. 하나코의 지금 몸에는 맞지 않고, 너무 유치하다.

지금 입고 있는 트레이닝복보다는 나은 옷들도 있지만, 수수한 색깔뿐이라 전체적으로 싸구려 같아서 21살 여자가 데이트에 입고 갈 만한 옷은 아니었다.

나는 옷장 문에 달린 거울로 부스스한 머리를 정돈하고, 일단 옷을 입은 뒤 발소리를 내지 않도록 하며 1층으로 내려갔다.

약속 시각은 정오. 세 시간 전에 나는 천천히 현관문을 열어 바깥으로 뛰쳐나갔다. 엄마는 무슨 일이 있어도 멋대로 하나코의 방문을 열거나 하지 않는다. 그러니 한나절 외출한 정도로는 하나코가 사라졌다는 것을 알아차리지 못할 것이다.

하지만 문제가 하나 더 있다. 우선 하나코의 방에 화장도구 같은 건 없으니까 민낯인 채다. 나는 많이 봐서 익숙해진 탓도 있는지, 하나코의 민낯이 그렇게 못생겼다고는 생각하지 않는다.

하지만 조금이라도 귀엽게 하고 데이트에 나가는 게 나의 책무이기도 했다.

나는 하나코가 보던 순정만화를 참고하여 렌을 만나기 전에 교토역에 있는 이세탄 백화점 화장품 판매장으로 갔다.

나도 하나코와 마찬가지로 수수한 학생 생활을 보내고 패션 잡지와도 연이 멀었던 탓에 브랜드는 잘 모르지만, JILLSTUART라는 브랜드에 들어간 것은 전시된 상품이 마치 공주님이 쓰고 있는 물건처럼 찬란하고 귀여웠기 때문이었다.

"화장을, 해주지 않으시겠어요? 해본 적이 없어요. 오늘, 첫 데이트라…… 귀엽게 꾸미고 가고 싶어요."

조금 긴장하며 떨리는 목소리로 그렇게 말하자,

"맡겨만 주세요."

화장품 점원 언니는 생긋 웃으며 흔쾌히 화장을 해주었다. 아무리 하나코보다 적극적이라고는 해도, 나 역시 화장 방법 같은 건 모른다.

"데이트라고 하셨으니, 청초한 느낌이 있는 이미지로 색을 얹어 갈게요."

점원 언니가 고객 응대용으로 만들어진 밝은 목소리로 말했다.

나는 물끄러미 거울을 바라보고 있었다. 하나코가 적극적으로 거울을 보지 않는 편이라, 이렇게나 밝은 장소에서 거울을 본 것은 확실히 처음이었다.

내가 봐도 하나코의 이목구비는 수수하다고 할 수 있다.

눈은 속쌍꺼풀에, 코도 이렇다 할 특징이 없고, 입술의 색깔도 칙칙하다. 하지만 딱히 결점이 있는 건 아니고, 윤곽도 가지런하다. 화장을 하면 분명 달라질 거라고 줄곧 생각하고 있었다.

게다가 하나코는 피부가 희다. 방에 틀어박혀 있는 탓도 있겠지만, 예전부터 속이 비칠 것처럼 하얬다.

하나코는 그걸 콤플렉스로 여기고 있다. 이렇게나 예쁜데, 유령 같다고 느끼고 있다. 어렸을 적의 트라우마가 그렇게 만든 것이다.

"이런 느낌으로 괜찮을까요?"

나는 점원의 손으로 완성된 얼굴을 응시했다.

—하나코.

거울에 비치는 여자아이에게 그 이름이 세상에서 제일 잘 어울린다고 느꼈다.

역시 하나코의 얼굴은 화장을 잘 받는다. 이 외모라면 적어도 처음 만난 상대에게 미움을 살 일은 없을 것이다. 나는 자기 일처럼 안도했고, 기뻐졌다.

"감사합니다. 지금 사용한 화장품 세트랑 저 파우치 살게요."

그리고 나는 진열된 꽃무늬 파우치를 가리키며 말했다.

더 싼 상품을 팔고 있는 건 알고 있다. 하지만 이 브랜드의 반짝반짝한 케이스에 수납된 화장품은 하나코에게 마법을 걸어 줄 것 같은 느낌이 들었다.

그러고 나서 이세탄 백화점을 뒤로하고는, 교토역 지하에 있는 패션가에서 하나코에게 어울릴 것 같은 옷을 찾았다.

이것저것 보며 돌아다니고, 여러 벌 입어 본 뒤, 최종적으로 하나코에게 어울린다고 느낀 옷은 전부 1만 엔 가까이 하는 것들뿐이었다. 가게에 따라서는 놀랄 정도로 싼 옷도 있었다. 싼 옷으로 입고 가도 아무런 문제도 없을 것이다. 하지만 오늘은 하나코에게 특별한 날이 될 것이다.

싼 옷은 금방 해지고 못 쓰게 되어 버린다고 언젠가 엄마가 투덜거렸었다. 오늘 하루 입는 것은 괜찮아도 하나코가 언젠가 옷장을 열었을 때, 싼 옷에 실망하고 말 것이다.

고민한 결과 각각 상당히 예산을 초과하게 되었지만, 고무뜨기로 된 하얀 니트와 올해 유행하는 꽃무늬 스커트, 그리고 무엇에든 어울릴 것 같은 3cm 힐이 달린 베이지색 펌프스를 각각의 가게에서 샀다.

"갈아입고 가도 괜찮을까요?"

계산대에서 점원에게 그렇게 말하고, 새로운 옷으로 갈아입었다.

입고 있던 옷은 마음이 괴롭지만 짐이 되기 때문에 역의 쓰레기통에 버렸다. 고등학생 때부터 입고 있는 낡은 옷이니까 하나코도 분명 화내지 않을 것이다.

그건 그렇다 치고, 화장품 세트와 합쳐서 합계 5만 엔이나 되는 지출이었다. 이렇게나 쓸 예정은 아니었지만, 일생일대의 쇼핑이다. 벌을 받지는 않겠지.

애초에 어째서 나한테 돈이 있는 건가 하면, 미안하다고는 생각했지만 나는 백화점에 오기 전에 하나코가 모으고 있던 세뱃돈 저금을 10만 엔 정도 찾았다.

하나코는 학생 때부터 기본적으로 책밖에 사지 않는다. 용돈은 다 써도 세뱃돈 저금까지 쓰지는 않았다. 그렇기에 하나코의 세뱃돈 저금은 총액 40만 정도 된다.

하지만 나는 이 돈으로 헛된 소비를 하는 게 아니다. 화장품도, 양복도, 언젠가 하나코에게 건네줄 날이 올 것이다.

모든 건 하나코를 위해— 하나코의 이야기를 위해서다.

나머지 문제는 머리였다. 약간 빗고는 왔지만, 전혀 정돈되지 않았다. 트리트먼트도 제대로 하지 않은 머리카락은 믿기지 않을 정도로 푸석푸석했다.

어쩌지. 나는 조금 초조해지기 시작했다. 약속 시각까지는 앞으로 한 시간밖에 없다.

아무리 그래도 하나코의 머리카락을 멋대로 자를 수는 없다.

하지만 너무 길어진 이 앞머리도 전문가의 세팅에 따라서는 어떻게든 나아질 것이다.

나는 하나코의 스마트폰으로 역 근처의 미용실을 검색하여 '지금부터 갈 수 있나요? 트리트먼트와 세팅을 부탁드립니다'. 곧바로 그렇게 예약 전화를 하고 달렸다.

오늘 최고의 상태로 렌을 만나야만 한다—.

나는 그것만을 바라고 있었다.

교토역 대계단에서 만나기로 한 약속.

이곳을 지정한 건 고등학생 때 방과 후가 되면 하나코가 언제나 책을 읽던 장소였기 때문이다. 그립다. 나도 하나코와 함께 많은 책을 읽었다. 꽃 이야기는 정말로 훌륭한 책이었다. 하나코를 위한 책이라고, 그렇게 느꼈다.

가능하다면 그 책을 한 번 더 읽고 싶었다. 하지만 하나코는 더 이상 꽃 이야기를 읽지 않을 것이다.

그렇게 렌을 기다리는 사이, 나는 하나코도 모르는 또

다른 하나코가 되어 있었다.

헤어스타일 하나로 이렇게나 여자애가 귀여워진다는 것을, 나는 몰랐다. 그렇게나 어두운 학생 생활을 보내고 있던 게 거짓말 같다.

역시 하나코는 귀여워지는 것을 포기하고 있었거나— 혹은 무서워하고 있었을 뿐이다. 그렇게 확신할 수 있었다.

그때 화장실의 하나코 양이라고 소란 피우지 않았다면, 조금쯤 수수하기는 해도 하나코는 평범한 여자애로 지낼 수 있었을지도 모른다. 그렇게 생각하니 분했지만, 그러면 내가 하나코를 만날 일도 없었다.

렌을 만나게 될 일도 없었을 것이다.

모든 사건은 필연이었을지도 모른다.

그리고— 약속 시각 10분 전. 렌이 왔다. 그 모습을 시야에 넣은 순간, 내 긴장은 최고조에 달했다.

렌은 하나코가 머릿속으로 상상하던 것보다 훨씬 멋진 남자였으니까. 이런 멋진 남자와 메시지를 주고받고 있었던 건가 생각하니 매우 귀엽게 꾸미고 왔을 터인데도 자신감이 상실되어 갔다. 하지만 이런 마음가짐으로는 안 된다. 당당히 있어야 한다. 하나코의 멋진 면을 전해야 한다.

하지만, 어떻게 해도 손가락만큼은 떨림이 멈추질 않는

다. 나도 하나코와 마찬가지로 계속 방에서 나오지 않았고, 게다가 남자와 이야기한 적도 없다. 의식이 하나코의 것이 되었을 때도 그런 기회는 없었다. 대부분 시간을 하나코의 감정이나 말과 마주하고 있었을 뿐이다.

하지만 이 데이트를 실패로 끝낼 수는 없다.

"혹시…… 렌? 저기, 처음 뵙겠습니다. 저, 카코예요."

나는 태어나서 처음으로 있는 힘껏 목소리를 내서 미소 지었다.

부디 하나코가 행복해졌으면 한다.

왜냐면 하나코는 최고로 멋진 여자애니까—.

그날, 렌과 처음으로 만난 느낌은 들지 않았다. 하나코와 함께 매일 메시지를 기다리고 있었기 때문일지도 모른다.

교토역에서 렌과 헤어진 뒤 엄마한테 들키지 않도록 살며시 집으로 돌아갔다.

마침 운 좋게도 엄마는 장을 보러 나간 상태였다. 아니, 그렇다기보다 엄마가 항상 이 시간대에 장을 보러 가는 것 정도는 언제나 집에 있으니까 숙지하고 있었다.

나는 2층의 내 방으로 돌아가서는 쏜살같이 옷을 벗어 옷장에 걸었다.

투명한 꽃병에 꽃을 꽂은 것처럼, 밋밋한 옷장이 아주

약간 화려해진다. 오늘 산 옷을 쭉 바라보고 싶은 기분이 들었다.

하지만 하나코가 언제 깨어날지 알 수 없으니, 우물쭈물 하고 있을 수는 없다.

서둘러서 1층에 내려가 샤워를 했다.

하나코가 깨어났을 때, 능숙하게 메이크업 된 얼굴과 자연스럽게 세팅된 머리로 방에 있는 건 너무나도 부자연스럽다.

게다가 꾸미면 귀여워질 수 있다는 사실은 하나코 자신이 발견해야만 할 것 같은 느낌이 들었다.

젖은 머리카락을 부스스한 채로 놔두고, 평소 입던 트레이닝복 차림이 되어 나는 다시 은둔형 외톨이인 하나코로 돌아갔다.

일기를 쓴 뒤 바닥에 쓰러지자 어느샌가 지쳐서 잠들어 버렸다.

그리고 눈을 뜨니 하나코가 의식을 되찾은 상태였다.

스마트폰을 꽉 쥐면서 당연히 사태를 이해하지 못해 혼란스러워하는 하나코를 보고, 나는 마음속으로 '힘내'라고 중얼거렸다.

그리고 나서— 계절이 바뀔 때마다 렌은 하나코에게 「만나고 싶어」라고 메시지를 보냈다.

하지만 하나코는 역시 밖에 나가는 게 무서운 것인지 만나고 싶다는 메시지에 거부 반응을 일으키고 있었다.

나는 언제나 몸 안쪽에 가라앉아 가며 의식을 놓는 하나코의 몸을 계속해서 빌렸다.

만날수록 렌은 하나코와 몹시 닮았다고 느꼈다.

두 사람이라면 분명 잘 될 것이다. 그건 대화를 주고받을 때마다 확신으로 변해 갔다.

하지만 그런 기적적인 만남이 성사됐던 것은 바깥에 나갈 수 없지만, 하나코에게도 렌을 '만나고 싶다'는 마음이 강하게 있었기 때문이리라고 생각한다.

렌은 하나코^나^를 다양한 장소에 데리고 가주었다.

나는 행복한 시간을 맛보면서, 하나코가 멋진 여자애라는 것을 최대한 표현했다.

제멋대로 행동하고 있는 것에 죄악감도 느꼈지만, 내가 행동함으로써 분명 무언가가 변한다.

내가 하나코이고, 하나코가 나라면 하나코 안에서 무언가가 변할 터였다.

하나코는 내 행동을 어렴풋한 꿈으로 인식하고 있는 듯했다. 메시지로 렌과 내가 만났음을 표현해도, 렌과 만나는 것을 믿지 못하고 있었다.

그래서 나는 가급적 증거를 남겼다. 렌과 하나코가 만나고 있다는 증거를.

키후네 신사의 풍경 사진. 물점 제비. 렌이 준 장수도롱뇽 스트랩.

그리고 매번 집에 돌아가 자세하게 일기를 썼다. 하나코가 이 일기를 발견하여 읽었을 때, 기억이 겹쳐지면 좋겠다고 생각했다.

데이트에 나설 때마다 옷장 안이 귀여운 옷으로 꾸며져 가는 게 기뻤다. 언젠가 하나코가 본다면 기뻐해 줄까. 그 날이 기다려졌다.

하지만 사건은 일어났다.

수족관에서 돌아온 그 날— 내 존재는 발각되고 말았다.

"하나코……?"

구두를 벗고 있었을 때, 장을 보고 돌아온 엄마와 딱 마주친 것이다.

하지만 나는 의도적으로 그렇게 한 것일지도 모른다. 도박을 한 것일지도 모른다. 엄마는 나를 알아차려 줄까, 하고.

나는 빙글 돌았다. 완벽하게 메이크업한 얼굴, 아름답

게 정돈된 머리, 평소와는 다른 여자애다운 옷차림에 엄마는 놀란 것이리라. 손에 들고 있던 에코백을 그 자리에 떨어뜨렸다. 달걀이 깨지는 둔한 소리가 나고, 사과가 데굴데굴 굴러떨어졌다.

"저는, 하나코가…… 아니에요."

나는 엄마의 눈을 바라보며 말했다. 무슨 말을 하는 거니, 대체 왜 그러니, 분명 엄마는 그렇게 물어볼 것으로 생각했다.

"……훨씬 전에…… 빨간 원피스를 입고 간……?"

하지만 엄마는 내 눈을 똑바로 바라보고는 그렇게 물었다.

"어떻게…… 알고 계셨던 거예요……?"

깜짝 놀라 목소리가 떨렸다.

"엄마도 잘은 모르겠어. 하지만 그 애, 그 원피스는 두 번 다시 입지 않을 거라 생각했으니까, 어쩐지 하나코가 아닌 듯한 느낌이 들었단다. 정말로 하나코가 아니었다니."

엄마는 그렇게 말하고는 작게 웃었다.

머리가 이상해진 거라면서 날 병원에 끌고 가도 이상하지 않다. 하지만 엄마는 갑자기 나타난 내 존재를 당연하다는 듯이 받아들이고 있었다. 그게 아니면 사실은 예전부터 쭉 모르는 척해주고 있었던 것일까.

"그 옷, 하나코한테 무척 잘 어울렸으니까요."

나는 망설이면서 말했다.

"고마워. 그 옷을 선물해 준 걸…… 줄곧 후회하고 있었단다. 그래서 그날, 다시 한번 원피스를 입어 줘서 정말로 기뻤어……."

역시 엄마는 그 사건을 알고 있었던 것이다. 가슴이 아파져 온다.

"하나코는…… 그 원피스를 정말 좋아했어요."

나는 그렇게 말했다.

그때 엄마의 눈에서 흐른 눈물은 십몇 년 동안이나 마음에 쌓여 있던 것이었을지도 모른다.

"엄마…… 이거, 하나코가 바뀌고 싶다고 말하면……—건네주세요. 제일 친한, 친구가 주는 거라고 하면서. 언제나 지켜보고 있다면서."

나는 가방에서 JILLSTUART 화장품 파우치를 꺼내 엄마에게 건넸다.

그때, 어째서인지 눈물이 흘러넘쳤다. 모르겠다. 엄마한테 엄마라고 부를 수 있었던 것이 기뻤던 것일지도 모른다.

엄마는 하나코가 아닌 나를 꼭 끌어안았다.

"고마워. 너는…… 줄곧 하나코 안에 있었니?"

귓가에 부어지는 것은 생명의 탄생이 느껴지는 듯한 다정한 목소리였다.

"……네. 저는 하나코 안에, 있어요. 쭉—"

지금까지 느낀 적 없는 온기 속에서, 나는 조용히 눈을 감았다.

눈꺼풀 뒤에서는 하얀 벚꽃 꽃잎이 하늘하늘 흩날려 떨어져서는, 강바닥에 가라앉아 갔다.

하나코가 화장품 파우치를 받은 것은 그로부터 2개월이 지나 새해가 밝고 2주 정도가 지났을 무렵이었다.

세면대에서 앞머리를 자른 순간, 하나코는 울고 있었지만 내 마음은 기쁨으로 가득 차 있었다.

깊은 밤 속에 한 줄기 빛이 비쳐 들어오는 게 보였다.

왜냐면 그것은 하나코가 렌을 만날 준비를— 밖에 나갈 준비를 시작했다는 증거였으니까.

힘내, 하나코. 힘내.

언제나 무의식 속에서 하나코를 격려하는 것밖에 할 수 없다. 내 목소리는 하나코에게는 닿지 않는다.

하지만 걱정하지 않아도 괜찮다.

하나코와 렌은— 반드시, 만날 수 있다.

나는 그날까지 하나코를 연기할 생각이었다.

그리고— 하나코를 연기하는 마지막 날이 되었다.

마지막 날로 하려고 결정한 건 아니다. 하지만 분명 마지막 날이 되리라고 느끼고 있었다.

약속 시각까지는 아직 시간이 있다. 나는 하나코에게 어울릴 봄옷을 찾아 교토역 지하도를 산책하고 있었다.

하지만 문득 앞을 봤을 때였다. 어떤 인물이 시야를 어지럽혔다. 격렬한 현기증이 난다.

어째서냐면 앞에서 걸어온 것은— 치바였기 때문이다.

의식이 혼돈에 빠져들어 비정상적일 정도로 심장이 크게 고동친다. 이건 분명 하나코의 고동이리라.

하나코를 상처입혔다. 용서할 수 없어. 증오스럽다.

나는 뭔가 매우 심한 말을 해주고 싶었다.

하지만 이 이상— 하나코에게 트라우마를 심어주고 싶지 않고, 하나코라면 누군가를 상처입히는 말은 하지 않을 것이다.

앞머리를 잘랐고 메이크업도 했다. 분명 알아차리지 못할 것이다.

하지만 엇갈린 순간,

"저기……!"

치바는 말을 걸었다.

"그…… 야마기시, 맞지?"

치바는 그렇게 물었다.

하나코의 의식이 무의식 속에서도 거절반응을 일으켜 그렇게 시키고 있는 것이겠지만, 긴장을 늦추면 당장이라도 기절해 버릴 것만 같았다.

"……아니에요."

내 심장은 쿵쾅쿵쾅 뛰었고, 나는 눈을 내리깔고 작게 고개를 가로저었다. 그 응답은 잘못되지 않았다. 왜냐면 나는 야마기시 하나코가 아니다. 야마기시 하나코한테서 태어난 무언가에 지나지 않는다.

"죄송합니다……, 무척 닮아서 그만."

—닮았다. 이렇게나 다른 사람처럼 변했는데, 어째서 그렇게 생각하는 걸까. 치바의 눈에는 하나코가 이런 식으로 비치고 있었던 걸까?

하지만 그런 심한 짓을 해 놓고서, 설령 하나코를 발견했다고 해서 말을 걸다니 뭘 어떻게 하려던 것일까.

"……제가 만약 그 사람이었다면, 무슨 말을 할 생각이셨나요?"

나도 모르게 그렇게 묻고 말았다. 부자연스럽다는 건 알고 있다. 하지만 또다시 상처를 줄 생각이라면, 용서할 수 없다.

"그건…… 그 사람을 만나면, 말하겠습니다."

치바는 한순간 입술을 깨문 뒤, 괴로운 듯이 말했다.

무슨 말을 할 생각이었다고 한들, 치바와 하나코가 두 번 다시 만나지 않기를 기도하며 나는 대답도 하지 않고 도망치다시피 그 자리를 떠났다. 심장이 터질 것만 같았다.

지금— 하나코가 나쁜 꿈을 꾸고 있지 않다면 좋겠다. 그렇게 생각했다.

그러고 나서 한동안, 약속 시각이 다가오고 있는데도 좀처럼 움직일 수 없었다.

어째서일까. 렌을 만나는 것이 무서워져 있었다.

나는 어찌어찌 몸을 움직여 학생 시절에 하나코가 자주 들렀던 서점으로 향했다.

이우라 선생님의 책을 찾아 움직였다. 마음을 가라앉히기 위해 꽃 이야기의 클라이맥스 부분만이라도 한 번 더 읽고 싶었다.

하지만 책은 좀처럼 발견되지 않았다.

"저기, 이우라 선생님의 꽃 이야기라는 책은 어디 있나요?"

깨닫고 보니 벌써 약속 시각이 되어 버려, 초조해진 나는 점원분에게 물었다.

"저기, 그 책은 이제 놓아두고 있지 않지만, 이우라 선생님의 신간이라면 있어요."

신간—?

신간이 나왔다니, 몰랐다. 바깥에 나가지 못하는 탓에 서점에 갈 수 없게 되었기 때문이다.

"여기 있어요."

점원분은 문예 신간 코너까지 같이 가주었다. 신간은 눈에 띄는 장소에 상당한 부수가 진열되어 있다.

「4.7inch 속 세계에서 사랑을 한다」

제목을 본 순간, 가슴이 술렁였다.

표지 일러스트는 유명한 일러스트레이터가 그려서인지, 선명한 색채 사용이 눈길을 끌었다. 스마트폰 속에 수심을 띤 여자애의 옆모습이 그려져 있었다.

책을 펼치고 서두를 읽는다. 나는 그 자리에 주저앉을 뻔했다.

왜냐면 그것은— 마치, 하나코에 관해 쓰여 있는 것 같았기 때문이다. 어째서 이우라 선생님은 항상 하나코를 위한 이야기를 써주는 걸까.

이 소설을 읽으면 하나코 안에서 무언가가 바뀔 것 같았다.

나는 망설임 없이 책을 사서, 서둘러 렌이 기다리는 약속 장소로 달렸다.

그리고 내 마지막 데이트가 끝났다.

"그럼, 갈게."

교토역 하치조 출입구로 들어가면 나오는 신칸센 개찰구 앞에서 렌이 말했다.

—이제, 이별이다.

"저기, 렌……."

"왜?"

"……나, 렌을 만날 수 있어서, 기뻤어."

말로 표현하자, 울음이 나올 것만 같았다.

"응, 나도 그래."

렌이 부드럽게 미소 지었다. 나는 그 얼굴을 좋아했다. 분명 하나코도 렌의 미소를 좋아할 것이다.

"저기 말이야…… 다음에 만나는 날, 3월 31일로 하지 않을래? 그날 말이지, 하나코의 생일이야. 대답은 그때, 해도 돼……?"

그때 나는 일인칭을 실수한 것도 깨닫지 못하고 있었다. 그저, 조금만 더 렌과 이야기하고 싶다고 느끼고 있었다.

"응. 알았어. 12시에 대계단에서 기다릴게."

"고마워. 그리고…… 마지막으로 하고 싶은 말이 딱 하나 있어."

내가 하나코 안에서 태어난 그 날부터, 하나코는 줄곧 깜깜한 어둠 속에 있다.

그러니 하나코 안에 내가 있는 것— 그것 자체가 하나코가 불행하다는 증거인 것이다.

있지, 내가 정말로 좋아하는 하나코. 하나코는 희망 속에서 살아야만 해. 좋아하는 렌과 함께 행복한 결말을 맞이해야 해. 나는 그걸 위해 태어난 거야.

"뭔데?"

분명— 하나코가 렌을 만나 마음을 전한 순간, 나는 사라질 것이다.

그러니 마지막으로, 자기소개해 두자.

"나 말이야……, 내 이름, 카코라고 해."

비밀을 밝힐 수는 없다. 하지만 나는 하나코이면서 하나코가 아니라는 것을 전해 두고 싶었다.

거짓말을 해서 미안해.

하지만 누군가가 행복해질 수 있는 거짓말은— 분명, 해도 괜찮다.

"그런 거, 알고 있어."

렌은 살짝 웃으며 말했다.

"그렇지."

나도 웃었다.

"응. 그럼, 카코— 또 보자?"

렌은 살짝 농담조로 내 이름을 불렀다.

"응…… 또 봐, 렌."

나는 등을 빙글 돌렸다.

그리고 뒤돌아보지 않고 인파 속으로 걸어 나갔다.

투둑, 투둑 비가 내리기 시작한 것처럼 눈물이 흘러넘치고 있었다.

렌, 렌, 안녕.

철학의 길, 키후네 신사, 수족관…… 모든 곳이 즐거웠다. 무척. 너무나 멋진 시간이었다. 태어나길 잘했다고 느꼈다.

하지만 괜찮다. 슬프지 않다.

왜냐면 나는— 하나코가 되는 거니까.

* * *

쓴 기억이 없는 일기를 읽으면서, 내 안에는 렌과 외출한 기억이 단편적으로 주입되었다.

하지만 그건 흐릿한 기억이고, 렌의 모습까지는 또렷하게 보이지 않는다. 하지만 렌과 만난 감각이 확실하게 내 안에 남아 있었다.

아아…… 전부, 꿈이 아니었다.

"나는, 렌을 만나고 있었어……."

그리고 이건 몽유병 따위가 아니었다—.

내 안에는 또 한 명의 내가 존재하고 있었던 것이다.

혼란스러워서 지금 당장은 모든 것을 이해할 수 없지만 지금, 나는 또 한 명의 존재를 느끼고 있었다.

그렇다는 건, 나는 다중인격자였다?

하지만 요 22년간, 그런 낌새는 없었다.

나는 잠들어 있을 때 말고는 확실하게 나로서 살아왔다.

분명하게 떠올릴 수 없는 기억이라고 하면, 10년 전 즈음에 학교를 쉬었는데도 등교한 것으로 되어 있었을 때— 고등학교 졸업식 날의 귀갓길— 그리고 렌과 만난 것으로 되어 있던 며칠간뿐이다.

혹시…… 또 한 명의 나는 나를 응원해 주고 있었던 걸까? 꾀병으로 쉰 나를 대신하여 학교에 가거나, 바깥에 나갈 수 없는 나를 위해 렌을 만나러 가준 것일까. 그런 느낌이 드는 건, 이젠 기분 탓이 아닌 듯하다.

파우치를 전해줄 때, 엄마는 이렇게 말했다.

'제일 친한 친구라면서 말이야. 언제나 하나코를 생각하고 있대.'

그건 분명…… 또 한 명의 나였던 것이다.

옷장 안에 옷을 갖춰 준 것도, 구두를 사준 것도, 이우라 선생님의 신간을 놓아둬 준 것도— 일기를 남겨 준 것도…… 분명 그렇다.

그렇다면 엄마는 내가 아닌 나를 만났을까?

곧바로 확인하고 싶었지만, 어쩐지 꺼려졌다.

진실을 아는 게 무서운 건 아니지만, 설령 그것이 현실이었다고 하더라도 또 한 명의 자신을 만나는 것은 불가능하다.

나는 감정이 향하는 대로 자신의 몸을 꼭 끌어안았다.

—고마워.

그리고 나의 마음에게 살며시 말했다.

또 하나의 의식에 대한 두려움은 신기할 정도로 없다.

내 안에 또 하나의 의식이 있다고 하더라도, 지금까지 줄곧 그렇게 살아왔을 테고, 스스로 만들어 낸 의식이기 때문일지도 모른다.

게다가 일기를 읽고 있을 때, 나 이상으로 나를 소중히 생각해 주고 있다는 것이 아플 만큼 전해져 왔으니까—.

"하아."

작게 심호흡을 했다.

일기에 쓰인 약속 날짜는 3월 31일 12시— 벌써 내일, 아니, 날짜상으로는 오늘이다.

오늘은 내 생일이자, 2년 전 처음으로 렌에게서 메시지가 온 운명의 날이기도 하다.

렌에게— 줄곧 하지 못했던 말이 있다.

렌에게 「만나고 싶어」라는 말을 들을 때마다, 언제나 답장을 입력하다가 도중에 의식을 잃어 보내지 못했다.

—나도, 만나고 싶어.

나는 아끼는 만년필을 손에 쥐고는 힘차게 일기 마지막 페이지에 그렇게 썼다.

메시지를 이제는 보낼 수 없다. 앱은 지워 버렸고, 결국 렌을 찾지는 못했다. 그 후로 대답도 하지 않고 있으니까, 렌이 약속대로 교토역에 와 줄지 알 수 없다.

하지만 내일, 렌이 와 준다면 전하고 싶다. 이 마음을, 전하고 싶다.

그러니 나는 렌을 만나러 가겠어—.

그렇게 결심하고, 나는 일어서서 창문을 덮고 있던 커튼을 기세 좋게 걷었다.

4년 동안 틀어박혀 있던 방 안에 눈 부신 빛이 비쳐 들어온다. 빛은 방을 부유하는 먼지 무리를 비췄다. 마치 펄이 흩날리고 있는 것처럼 반짝반짝 빛나고 있다.

창밖에서는 벚꽃 꽃잎이 비처럼 내리고 있다.

이 꽃비 속을, 나는 이제 곧— 달려나간다.

가슴이 두근두근하며 울린다.

렌은 어떤 목소리로 말할까.

어떤 얼굴로 웃을까.

……나를, 기다리고 있어 줄까.

괜찮아. 분명…… 만날 수 있어—.

그리고 나서 스마트폰 알람을 세팅한 뒤 아주 잠깐 잠들었다. 꿈은 이제 꾸지 않았다. 그저 내리쏟아지는 꽃비가 눈에 선명하게 새겨져 있었다.

❋ 최종화

꽃비

1년 전과 마찬가지로, 또다시 깊은 밤 속에 떨어진 기분이 드는 건 하나코에게서 연락이 오지 않는 것에 더해, flower story의 친구 창에서도 **카코**가 사라져 버린 점에 기인하는 건 분명하다.

"하아……."

마음속 어딘가에서 하나코와 서로 좋아하고 있다는 느낌을 받고 있었다.

하지만 돌이켜보면 그건 내 착각이었을지도 모른다.

하나코가 먼저 내게 만나자고 한 적도 없거니와, 직접적인 의미로 좋아한다고 말한 적도 없다. 고백조차 가로막혔다.

하나코는 상냥하다. 내게 상처를 주는 말을 하지는 않을 것이다.

"하아……."

—3월 31일 말이야, 하나코의 생일이야.

헤어질 때 하나코는 그렇게 말했다. 위화감이 남아 있는 건 그때 하나코의 말투가 마치 자기와 친한 사람의 생일을 말해 주는 것 같았기 때문이다.

대답도 없는 지금, 내일 약속 장소에 가 본들 하나코는 기다려 주고 있을까.

나는 역시— 누구에게도 사랑받지 못할 운명인 걸까.

"하아……."

모든 것이 싫어진다.

"아마시타 씨, 조금 전부터 한숨만 쉬고 왜 그러세요?"

어깨를 푹 떨구고 있었더니, 아오모리 양이 어묵을 준비하며 그다지 흥미도 없다는 듯이 물었다.

"아, 미안. 그렇게나 한숨 내쉬고 있었어?"

완전히 몰랐다. 나는 튀김을 마무리하면서 서둘러 미소를 지었다.

"네. 1분 동안 세 번 정도 내쉬었어요! 근데 왜 사과하시는 건가요? 싫은 일이 있었을 때는 억지로 웃지 않아도 괜찮아요."

아오모리 양이 이를 드러내며 씩 웃었다.

'렌— 괴로운 일이 있을 때는 무리해서 웃지 않아도 돼.'

요전에 하나코가 그렇게 말해 준 것을 불현듯 떠올렸다.

어쩌면— 억지로 밝은 척하는 모습이 모두에게 훤히 드러나고 있었던 걸까.

“그보다 저, 오늘로 마지막이에요.”

“아, 그랬지. 수고 많았어. 복식 전문학교로 간다고 했었나?”

“네, 엄청 기대돼요. 어째 저 무척 기대받고 있는 것 같아요. 요전에 설명회 갔는데요, 세련된 애들이랑 재미있는 애도 상당히 많아서, 이제 친구가 생길 것 같아요! 그보다 아마시타 씨는 이 아르바이트 쭉 계속하실 건가요?”

여느 때와 다름없는 직구다. 하지만 나를 신경 써 돌려 말하는 건 허무해질 뿐이니까, 그편이 낫다.

“나도 실은 다음 달에 그만둬. 한동안 본가로 돌아가서 취직 활동을 하려고. 너무 늦었지만 말이야.”

자취하는 방은 다음 달에 비운다. 아버지는 혼자서 죽고 싶을지도 모르고, 내가 없는 편이 좋을지도 모른다. 하지만 그런 건 역시 너무 쓸쓸하다.

사실은 사랑받고 싶었다.

그래서 항상 미소를 짓고 있었다. 그렇게 하면 언젠가 사랑받을 수 있으리라고 생각했다.

하지만 무리였다. 그래도 마지막까지 웃는 얼굴로 옆에 있으려고 한다. 내가 할 수 있는 건 이제 그것밖에 없다.

"너무 늦었다든가, 그런 건 상관없어요. 전문학교에는 다양한 나이의 애들이 있더라고요."

깔끔하게 어묵 준비를 끝낸 아오모리 양은 만족스러워 보였다.

"그런가. 그러네. 고마워."

"네. 그럼 좋아하는 일은 있나요?"

"음, 뭐든 괜찮은데. 딱히 되고 싶은 건 없고, 특별한 무언가가 될 수 있을 거라 생각하지 않아. 그저…… 교토에 취직하려고 생각하곤 있어."

나는 갓 튀겨진 치킨을 핫 스낵 선반에 진열하며 말했다.

만약 하나코가 나를 좋아하고 옆에 있어 준다면, 같이 깊은 밤 속에서 빠져나오고 싶다고 생각하고 있었다.

"어째서 교토인가요? 도쿄에 더 좋은 일자리가 많이 있을텐데요."

"뭐, 확실히 그렇겠지만, 교토의 거리가 좋아진 거랑…… 좋아하는 사람이랑 같이 있고 싶으니까…… 이려나."

내가 말해 놓고서도 참 촌스러운 대사다. 나는 약간 쑥스러워하면서 말했다. 하지만 이우라 씨는 그게 행복이라고 단언했었고, 분명 그런 것이리라고 나 역시도 생각한다.

"흐음~, 지금까지 대답 중에서 제일 멋지네요!"

아오모리 양은 히죽거리는 표정을 띤 뒤, 재미있다는 듯이 깔깔 웃었다.

* * *

다음 날, 교토역은 봄의 내음으로 가득했다.

요사이의 도쿄 날씨는 쭉 흐린 하늘이었기에, 날씨가 봄으로 옮겨 간 것을 깨닫지 못했다.

오늘만큼은 에스컬레이터를 사용하지 않고 대계단을 한 단씩 올라갔다.

약속 시각까지 앞으로 15분.

약속 장소인 종 앞 계단에 앉아 재킷에서 스마트폰을 꺼내 flower story를 열었다. 앱 속에 하나코는 없다. 앱의 착오라면 좋겠지만, 그렇지 않을 가능성이 더 크다.

"하아……."

또 무의식적으로 한숨을 내쉬고 만다.

하지만 그건 죽고 싶기 때문이 아니다.

사랑을 했기 때문이다.

사람은 누군가와 만나기 위해 태어난다. 자기 자신을 위해 태어나는 사람은 없다.

나는 하나코를 만나 그걸 알게 되었다.

이제 하나코가 오지 않으면, 오늘을 마지막으로 이 앱을 켤 일은 없을 것이다.

2년간 계속 키워 왔던 화면상의 꽃.

아무리 매상이 늘어나도 현실 세계에서는 전혀 무의미했던 가게.

시간을 때우기 위해 설치한 앱.

그랬던 것이 하나코와 만날 운명을 가져다주리라고는 상상치도 못했다.

어쩌면 인생에 쓸데없는 것은 없을지도 모른다.

태어나면서부터 느껴온 모든 것은 오로지 한 명의 상대를 만나기 위해 존재하는 것일지도 모른다.

스마트폰 윗부분에는 11시 55분이라는 표시가 떠 있다.

앞으로 5분…….

나는 카코가 사라진 flower story의 친구 창을 바라봤다. 아직 어딘가에서 카코가 로그인하는 것을 기다리고 있는 것일지도 모른다.

그때, 스마트폰이 그림자에 뒤덮였다.

동시에 내 시야에는 은색 펌프스가 비쳐 들어왔다. 정신이 번쩍 들고 심장을 덜컥 부여 잡힌 느낌이 들었다.

어째서냐면 그것은 하나코가— 친구를 위해 선물하고 싶다고 말하고, 내가 골라준 것이었기 때문이다. 빛이 반사되어 반짝반짝 빛나고 있다. 혹시 하나코의 친구가 온 것일까. 그렇다고 한다면, 고백을 거절하기 위해……?

나는 부정적인 사고를 펼치며 쭈뼛쭈뼛 고개를 들었다.

그러자 거기에는—…… 하나코가 서 있었다.

민트 색깔 숄더백을 걸치고, 부드러워 보이는 하얀 원피스를 입고 있다. 마치 하나코를 위해 만들어진 것처럼 잘 어울린다.

하나코도 에스컬레이터를 사용하지 않고 계단을 뛰어 올라온 것일까. 숨을 헐떡이고 있다.

"저기…… 혹시, 렌……? 저…… 하나코, ……예요."

아직 호흡이 거친 채로, 하나코는 떨리는 목소리로 물었다. 그건 마치 처음 만나는 것처럼.

세련된 연출이겠지만, 처음 만났을 때와 같은 대사였다.

"네. 처음 뵙겠습니다. 렌입니다."

처음 만난 날의 일을 떠올리며, 나는 살짝 웃으면서 말했다.

"역시…… 렌이야…… 다행이야…… 만날 수 있었어…… 만날 수 있었어……."

그러자 하나코는 당장이라도 울음을 터뜨릴 듯한 표정으로 그렇게 말한 뒤 양손으로 입가를 눌렀다.

조금 호들갑스럽게 느껴지기도 했지만, 연락을 취하지 못한 상태라 하나코도 나와 만날 수 있을지 불안했던 것일까. 게다가 오늘 하나코는 고백에 대답하러 와 준 것일 테고, 그 때문에 긴장하고 있는 것일지도 모른다.

"응, 만날 수 있었어. 와 줘서 고마워. 계정이 없어져서, 내가 싫어진 건가 싶었어."

"아, 죄송…… 해요. 실수로…… 지워 버려서……."

하나코는 떠듬떠듬 말하면서 미안한 듯이 눈을 내리깔았다.

그것이 거짓말인지 어떤지 그런 건 아무래도 좋다. 그저 이렇게 만나러 와 주었다. 그것이 전부였다.

"그렇구나. 그럼 다행이야……. 메시지 화면도 사라져서 스크린샷을 찍어 두면 좋았으려나. 나도 하나코가 보내주는 메시지, 좋아했으니까."

그렇게 말하고는, 조금 쑥스러워져서 웃자 하나코도 덩달아 웃었다.

하나코가 자아내는 아름다운 말들이 줄곧 가짜 세상밖에 비추지 않았던 화면을 꾸며 주었다.

하나코의 메시지가 나를 깊은 밤 속에서 구해내 주었다.

살짝 하나코를 마주 바라봤더니, 지금까지 이상으로 심장이 크게 고동쳤다.

어째서인지 하나코와는 처음 만난 듯한— 그런 느낌이 들기 시작했다.

평소와 메이크업이 조금 다른 탓일까.

"하지만, 와 줄 거라 믿고 있었어."

나는 엷은 핑크 아이섀도가 칠해진 하나코의 눈꺼풀을 바라보며 말했다.

사실은 상당히 불안했다. 하지만 이럴 때만큼은 멋있는 척해도 벌을 받지는 않으리라.

"……하나코, 옆에 앉아."

나는 내 옆을 가볍게 두드렸다.

쭈뼛쭈뼛하며 하나코가 옆에 앉는다. 몹시 긴장하고 있다는 게 전해져서 나까지 긴장하고 만다.

"……나, 매년 생일이 오는 게 무서웠어……. 어머니는 내가 태어난 날에 돌아가셨거든. 나를 낳은 탓에. 그래서 누구한테도 축하를 받은 적이 없었고, 정말로 좋아했던 바론도 내 생일날…… 학교에서 돌아왔더니 움직이지 않게 되었지. 저주받은 걸까 싶을 정도로, 생일날에는 항상 소중한 것이 사라져 갔어. 무엇도 되지 못한 채 무의미하게 나이를 먹어 가는 것도 무서웠어……. 전부 태어난 게 죄인 걸까 하고 생각했어. 하지만 그날, 태어나 줘서 고맙다고 하나코가 처음으로 말해줬어. 정말 기뻤어."

그날, 0시에 딱 맞추어 전송된 메시지를 읽었을 때, 사실은 눈물이 날 정도로 기뻤다. 처음으로, 태어나도 괜찮았던 것이라는 생각이 들었다. 그리고 하나코를 만나고 싶다고, 만나 보고 싶다고, 그렇게 느낀 것이다.

"그러니까 나도 하나코에게 말하고 싶었어. 하나코, 생일 축하해. 태어나 줘서 고마워. 나와 만나 줘서 고마워."

나는 가방에서 한 권의 소설을 꺼냈다.

말할 나위도 없이 그건 「꽃 이야기」다. 제대로 된 생일 선물도 하나 더 준비해 뒀지만, 포장 정도는 할 걸 그랬다고 후회하면서 하나코에게 선물을 건넸다.

"펼쳐 봐."

하나코는 꽃 이야기를 받아 첫 페이지를 살짝 펼치고, 눈을 휘둥그레 떴다.

거기에는 이우라 씨의 사인이 들어있다.

"이거…… 어떻게."

하나코의 말문이 막혔다. 나는 줄곧 이 순간을 기다리고 있었던 것이리라.

"그건…… 분명 하나코의 운명의 책이니까."

"운명……?"

"하나코, 전에 물어봤었지. 운명을 믿어? 라고. 운명이라니, 그런 건 생각해 본 적도 없었어. 지금까지 누군가를 좋아하게 된 적도 없었고, 운명이 있다고 한다면 슬픈 것으로 생각했어. 하지만 하나코가 운명은 반짝반짝 빛나는 것임을 가르쳐주었어. 나는 줄곧 마음속 어딘가에서 죽고 싶다고 생각했었어. 하지만 하나코를 만나게 되어서, 살고 싶다고, 힘내고 싶다고 생각할 수 있었어. 그러니까…… 하나코를 만날 수 있었던 것이 내 운명이라고 생각해."

이 넓은 세계에서 나와 하나코가 만날 확률은 몇백만 분의, 몇천만 분의 1이었을 것이다.

하지만 나와 하나코가 만나는 것은 몇억분의 1이었을지

라도, 분명 결정되어 있었다.

"응, 고마워…… 나도 그렇게 생각해. 렌과 만날 수 있었던 건 운명이라고…… 그렇게 느껴."

하나코의 눈에서는 눈물이 뚝뚝 흘러넘치고 있다. 그것이 무슨 눈물인지 나는 알 수 있다.

"저기, 렌…… 나…… 대답을 하러…… 왔어."

누군가를 좋아하게 되면, 그것만으로 눈물이 넘쳐흐른다.

"응, 들려줘."

눈이 젖어 가는 것을 감추는 것처럼, 나는 떨고 있는 하나코를 끌어안았다.

SNS에도, 어느 사이트에 접속해도, 이 감촉은 4.7inch 화면 속에는 없다. 이 따뜻함은 현실 세계 안에만 존재한다.

"나…… 줄곧…… 렌을 만나고 싶었어. 렌이 어떤 목소리로 말하는지, 어떤 식으로 웃는지…… 쭉 알고 싶었어. 렌이 보내주는 메시지는 나한테는 생명선이고…… 깊은 밤 속의 빛이었어."

부드러운 온기 속에서 떨리는 목소리로 이야기하던 하나코의 말을 곱씹었다.

"…나는 아직… 렌에 관해 아무것도 모를지도 몰라… 하지만 처음으로 메시지를 교환한 밤부터… 나… 나는… 이 세상의 누구보다도… 렌을… 좋아해."

하나코는 떨리는 목소리로 이야기하던 입술을 깨물고는 그 뒤에 무언가를 떨쳐 낸 것처럼 수줍게 미소 지었다.

본 적이 없는 하나코의 표정에 깜짝 놀라 어째서인지 눈물이 흘러넘쳤다.

좋아하는 사람이 자신을 좋아해 주는 것만으로도 세상은 아름답게 느껴지고, 이렇게나 기쁜 마음이 든다는 것을 나는 태어나서 처음으로 알게 됐다.

"고마워… 기뻐. 나도 아직… 하나코에 관해 아무것도 모른다고 생각해. 하지만 나도… 이 세상의 누구보다 하나코를 좋아해."

이 대사를 말하기 위해 온 세상 사람을 만날 필요는 분명 없다.

태어나서부터 죽을 때까지 엇갈릴 뿐인 사람이, SNS에서 언뜻 볼 뿐인 사람이, 만난 적 없는 사람이 무수하게 있다.

하지만 나와 하나코는 이렇게 만나서 기적처럼 서로를 좋아하게 되었다. 그건 분명 스스로는 결정지을 수 없는 운명이었던 것이다—.

그러고 나서 5계통 버스에 올라타 철학의 길로 향했다.

"와아…… 굉장해!"

분홍색으로 물든 강을 보고 하나코가 환성을 질렀다.

"렌, 엄청 아름답네."

마치 처음 왔을 때처럼, 하나코는 들떠 하면서 말했다.

"이루어졌네."

나는 고개를 끄덕이고는 말했다.

"어?"

잊은 걸까. 하나코는 고개를 갸웃했다.

"탄자쿠에 썼잖아. 내년에는 같이 벚꽃을 보고 싶다고."

그 순간, 하나코의 눈에서 눈물 한 방울이 흘러 떨어졌다.

"왜 그래……?"

걱정되어 나도 모르게 바싹 달라붙었다.

"아무것도 아냐. 눈에 먼지가 들어간 것 같아."

하나코는 작게 고개를 가로젓고는 민트 색깔 숄더백에서 하얀 레이스 손수건을 꺼내 눈가에 댔다. 예전에 가지고 있던 손수건과는 달리 여자애다운 물건이다.

"괜찮아?"

"응. 괜찮아."

하나코는 손수건을 세심하게 집어넣으며 미소 지었다.

"저기, 손잡아도 될까……?"

그렇게 말을 꺼내는 건 두 번째인데도, 하나코의 얼굴은 화끈거리며 빨갛게 물든다.

"으, 응……."

하나코는 쑥스러운 듯이 눈을 내리깔고는 고개를 끄덕였다.

살며시 손가락을 감자, 두근거리고 있다는 것이 서로의 손가락에 전해진다.

또 하나의 생일 선물은 언제 건넬까. 하나코에게 어울릴 만한 꽃을 모티브로 한 목걸이. 기뻐해 줄까.

만개한 벚꽃 아래를 걸으며 생각하고 있었더니,

"저기…… 그러고 보니, 물점, 해봤어."

하나코가 불쑥 말했다.

그러고 보니 그때 하나코는 물점 제비를 가지고 돌아갔었다.

"어땠어?"

나는 어쩐지 이제는 그리운 과거를 돌이켜보듯이 물어

봤다.

“그게 말이야……. 힘내라고, 적혀 있었어.”

하나코는 농담처럼 대답하고는 어째서인지 또다시 눈물을 흘리며 웃었다.

그때 누군가가 지나쳐 간 듯 바람이 불고, 죽어 가는 벚꽃이 하늘하늘 우리 둘 사이에 떨어졌다. 눈앞에 떨어진 한 장의 꽃잎을 살며시 손바닥으로 건졌다.

벚꽃 꽃잎은 이야기의 시작을 축복하는 것처럼 하트 모양을 하고 있었다.

❋ 에필로그 Epilogue

4월 1일

이건 처음으로 나와 렌이 만난 날.

3월 31일

그건 처음으로 렌과 하나코가 만나는 날.

하나코는 약속 시각 세 시간 전에 눈을 떴다.

내 메시지가 적힌 물점 제비를 손에 들고 세면대로 내려간다.

얼굴을 씻고 이를 닦은 뒤, 미용 가위로 앞머리를 살짝만 다듬는다.

그러고 나서 세면대 배수구를 막은 뒤 차가운 물을 가득 채워 물점 제비를 띄웠다.

검은 잉크가 서서히 배어 나온다. 종이 중앙에 떠오른 것은— 대길이었다.

말라서 글자가 사라지지 않도록, 오늘은 이대로 띄워 두자.

하나코는 한층 기쁜 마음으로 2층에 있는 자신의 방에 뛰어 올라갔다.

그리고 크게 심호흡을 한 뒤 옷장 문을 열었다.

거기에는 내가 하나코를 위해 사 놓은 형형색색의 옷이 걸려 있다.

하나코는 옷장 안에 손을 뻗고, 한눈에 반한 것처럼 봄다운 촉감의 하얀 원피스를 골랐다.

그 순간, 나는 감격에 몸이 떨렸다.

왜냐면 이 원피스는 아직 한 번도 입지 않은, 이날을 위해 산 옷이었기 때문이다.

하나코는 살며시 껍데기를 깨는 것처럼, 너덜너덜해질 때까지 입은 트레이닝복을 벗고 원피스로 갈아입었다. 새로운 옷의 감촉에 하나코는 황홀함을 느꼈다. 멋진 옷을 입는 것만으로도 이렇게나 기분이 상쾌해진다는 사실을 하나코는 까먹고 있었다.

'좋은 옷을 입으면 그것만으로도 주인공이 될 수 있어.'

언제나 엄마는 그렇게 말했었다.

다음으로 하나코는 책상 서랍에서 파우치를 꺼내, 공주님이 된 기분으로 JILLSTUART 화장품을 하얀 피부에 발라 나갔다.

나는 하나코와 마찬가지로 손거울을 바라보면서 기뻐졌다. 거울 속 얼굴에는 매일같이 메이크업 연습을 한 성과가 나타나고 있었다.

최근 제대로 트리트먼트를 하고 있던 덕분에 반들반들해진 머리카락을 정돈하고, 하나코는 옷장 문 안쪽에 달린 전신 거울 앞에 섰다.

하나코의 오른손에는 마법의 스틱이 쥐어져 있다.

하나코는 거울에 비친 자신의 모습을 바라보며, 입술에 벚꽃색 립글로스를 세심하게 발랐다.

"하아."

완성이다. 렌을 만나기 위한 준비가 끝났다.

커지는 심장 소리를 숨기려 하나코는 크게 숨을 내쉬었다.

하나코는 줄곧 단정 짓고 있었다. 자신은 수수하고 촌스러워서 유령 같다고. 이 세상에 필요 없는 존재라고. 아무도 자신을 좋아해 줄 리가 없다고.

하지만 거울에 비친 하나코는 렌이 좋아해 준 여자아이라는 생각이 들었다.

하나코는 마지막으로 옷장에서 새 은색 펌프스를 꺼냈다.

그건 새로운 이야기를 시작하기 위한 신발.

'멋진 신발을 신으면, 신발이 멋진 장소로 데리고 가줘.'

어렸을 적에 무척 좋아했던 순정만화에서 인상적인 그 대사를 읽은 것을, 하나코는 언제까지고 기억하고 있다.

광택이 있는 민트 색깔 숄더백을 어깨에 걸치고, 스마트폰과 지갑, 손수건, 그리고 립글로스를 넣어 방을 나섰다.

그리고 지상으로 가는 계단을 뛰어 내려갔다.

"다녀오겠습니다."

하나코가 거실을 들여다보며 그렇게 말하자, 엄마는 한순간 나랑 헷갈렸는지 굳어졌다.

하지만 하나코의 기대와 불안에 감싸진 표정을 보고, 모든 것을 깨달은 미소를 지어 주었다.

떨리는 목소리를 내면서도 웃으며 "새로운 오늘에 다녀오렴." 그렇게 말해 주었다.

그건 학생 시절에 하나코가 마지못해 학교에 다니고 있었을 때, 엄마가 매일 아침 건네주었던 말임을 나는 알고 있다.

"있지, 엄마……."

하나코는 어쩌면 나에 관해 물어볼 생각일지도 모른다. 그렇게 생각하고 조금 긴장했다.

"……아빠는, 어째서 나한테 하나코라는 이름을 지은 거야?"

하지만 하나코는 주저한 것이리라. 아니면 처음부터 그렇게 물어볼 생각이었을지도 모른다. 조심스럽게 질문을 던졌다.

"하나코가 태어났을 때 꽃이 피는 기분이 들었기 때문이라고 말했단다."

처음으로 알게 된 아빠의 에피소드에 하나코의 가슴은 서서히 따뜻해졌다.

요 1년간, 계속 렌이 불러 준 이름. 하나코는 이젠 이 이름이 사랑스러웠다.

하나코는 조용히 심호흡했다.

"그리고 말이야…, 만약 허락된다면, 한 번 더 공부해서 대학에 가고 싶어…. 여러 가지를 배워서 언젠가 이야기도 쓰고 싶어…. 그런 건 이미 너무 늦었을까……?"

내가 모르는 의식 속에서 줄곧 생각하고 있었던 것일까. 하나코는 그렇게 부탁하고는 죄송스러운 듯이 엄마를 바라봤다.

"아니, 어떻게 해도 좋아. 힘내. 하나코, 모든 건 이제부터야."

엄마는 타박하지 않고 그렇게 말하며 웃고는, 안도한 것처럼 손에 든 카페오레를 한 모금 마셨다.

"엄마…… 고마워요."

하나코는 그렇게 말하고 작게 고개를 숙였다.

11시. 하나코는 봄의 내음이 감도는 현관에서 새 은색 펌프스를 신었다.

사이즈가 딱 맞아서, 이건 자신을 위한 구두임을 알 수 있었다.

그리고 하나코는 이제 은둔형 외톨이가 아닌, 한 명의 청순가련한 여성으로서 현관을 열었다.

햇빛이 눈에 비쳐 들어온다.

"읏——."

채 말소리가 되지 않는 목소리가 새어 나온다.

4.7inch 화면 속이 아닌, 4년 만에 본 바깥 경치는 마치 태어나서 처음으로 본 것처럼 눈부셨다.

* * *

하나코는 익숙지 않은 힐을 신고, 교토역 대계단을 한 단씩 올라간다.

에스컬레이터를 타지 않은 것은 계단을 오르며 마음의 준비를 하고 싶었기 때문이다.

한 단씩, 호흡을 가다듬으며 렌에게 가까이 다가간다. 하나코의 고동은 긴장과 불안, 그리고 기대로 울렁거리고 있었다.

하나코는 꿈속처럼 멀었던 대계단 맨 위에 다다랐다.

시선 끝, 종 앞에 남자가 앉아 있는 것이 보인다—.

아아, 렌이다. 약속한 대로 렌은 기다리고 있었다. 하나코를 기다려 주고 있었다.

기억이 떠오른다. 렌과 갔던 장소, 나눴던 대화, 모든 것을 선명하게 기억하고 있다.

렌은 아직 하나코를 알아차리지 못하고 있다.

하나코의 심장은 시끄럽게 고동쳤고, 하나코는 로맨스 영화의 주인공이 된 듯한 기분으로 걸음을 내디뎠다.

그리고 살며시 렌의 정면에 섰다.

렌은 스마트폰을 보고 있다. 화면에는 flower story가 비치고, 렌의 가게에는 수많은 레어 꽃이 전시되고 있다. 게임을 플레이하면서 하나코가 로그인하기를 기다리고 있었던 것일지도 모른다.

그때, 불현듯 렌은 누군가의 존재를 알아차렸다.

지금 렌의 시야에는 은색 펌프스가 들어온다.

그건 렌이 골라 준 하나코를 위한 구두. 하나코가 이야기의 주인공이 되기 위한 구두.

하나코의 친구를 위해 골랐을 터인 구두를 보고, 렌은 혼란스러워하면서 쭈뼛쭈뼛 고개를 들었다.

그 순간— 하나코의 눈에 처음으로 비치는 렌의 얼굴.

하나코의 상상 속에서 살고 있던 렌보다 몇 배나 멋진 현실의 렌에게— 하나코의 연정은 손쓸 도리 없이 부풀어 간다.

"저기…… 혹시, 렌……? 저…… 하나코, ……예요."

아아, 그건 어찌 된 우연인지— 아니면 운명인지, 내가 처음으로 렌에게 한 말과 같았다.

렌은 세련된 연출이라고 생각한 것인지 쿡쿡 웃으며 하나코에게 말했다.

"네. 처음 뵙겠습니다. 렌입니다."

미소를 짓느라 살짝 찡그려진 렌의 그 얼굴을, 하나코는 역시나 좋아한다고 느꼈다.

“역시…… 렌이야…… 다행이야…… 만날 수 있었어…… 만날 수 있었어…….”

하나코의 목소리는 당장이라도 울음을 터뜨릴 것처럼 떨리고 있다. 하지만 렌은 분명 숨을 헐떡이고 있기 때문이라고 생각하고 있다. 왜냐면 렌에게 있어서는 하나코가 렌을 만나는 건 처음이 아니니까.

“응, 만날 수 있었어. 와 줘서 고마워. 계정을 삭제했길래 내가 싫어진 건가 싶었어.”

“아, 죄송…… 해요. 실수로…… 지워 버려서…….”

하나코는 당황하여 말했다. 자기도 모르게 거짓말을 하고 만 것에 조금 슬퍼졌다. 하지만 때로는 사실을 말하지 않는 편이 좋을 때가 있다.

“그렇구나. 그럼 다행이야……. 메시지 화면도 사라졌으니까, 스크린샷을 찍어 두면 좋았으려나. 나도 하나코가 보내주는 메시지, 좋아했으니까.”

렌은 그렇게 말하고는 쑥스러운 듯이 웃었다.

기쁨이 넘쳐흐른다. 눈에 눈물을 띠며, 하나코도 덩달아 살짝 웃었다.

하나코가 이렇게 웃은 건 몇 년 만일까. 나는 하나코의 웃는 얼굴을 무척 좋아했다. 하나코가 쭉 웃을 수 있었으면 한다. 그렇게 바라는 건 내가 하나코 자신이기 때문일까.

"하지만, 와 줄 거라 믿고 있었어."

렌의 말에 하나코의 심장이 크게 고동친다. 나까지 두근두근해서, 아플 정도로.

"……하나코, 옆에 앉아."

렌이 처음으로 현실의 하나코를 향해 하나코의 이름을 불렀다.

그것만으로도 하나코는 자신의 이름을 더욱 좋아하게 된다.

그리고 하나코가 옆에 앉자, 렌은 자신의 과거를 이야기했다.

몰랐던 괴로운 과거에 하나코는 눈물이 넘쳐흘렀다.

렌은 줄곧 외로웠던 것일지도 모른다. 누군가에게 무조건으로 사랑받는 것을 바라고 있었던 것일지도 모른다.

그리고— 겨우 어둠 속에서 작은 빛을…… 하나코를 발견했다.

"그러니까 나도 하나코에게 말하고 싶었어. 하나코— 생일 축하해. 태어나 줘서 고마워. 나와 만나 줘서, 고마워."

렌이 말했다. 나도 마음속으로 그 말과 같은 생각을 했다.

하나코, 태어나 줘서 고마워. 나를 만들어 줘서 고마워. 하나코를 만나게 해줘서, 렌을 만나게 해줘서 고마워.

"펼쳐 봐."

그러고 나서 렌이 하나코에게 내민 것은 하나코의 운명의 책인「꽃 이야기」였다.

하나코는 렌의 재촉대로 살며시 책을 펼쳤다.

그 순간, 하나코와 동시에 나도 숨을 삼켰다.

어째서냐면 첫 페이지에 이우라 선생님의 사인이 들어 있었기 때문이다.

〈이 이야기를 하나코에게 바친다―― 이우라 츠쿠루〉 라고.

이런 특별한 물건을 어떻게 손에 넣은 것일까.

"이거…… 어떻게."

신경 쓰인 것을 하나코가 물어봤다.

"그건…… 분명, 하나코의 운명의 책이니까."

무슨 의미일까.

"운명……?"

하나코는 고개를 갸웃했다.

"응. 하나코, 전에 물어봤었지. 운명을 믿어? 라고. 나…… 운명이라니, 그런 건 생각해 본 적도 없었어. 지금까시 누군가를 좋아하게 된 적도 없었고, 운명이 있다고 한다면 슬픈 것으로 생각했었어. 하지만 하나코가 운명은 반짝반짝 빛나는 것임을 가르쳐주었어. 나는 줄곧 마음속 어딘가에서 죽고 싶다고 생각했었어. 하지만 하나코를 만나게 되어서, 살고 싶다고, 힘내고 싶다고 생각할 수 있었어. 그러니까…… 하나코를 만날 수 있었던 것이 내 운명이라고 생각해."

렌의 한마디 한마디가 하나코와 내 가슴에 꽂힌다.

메시지 속이 아닌, 렌의 목소리가, 말이, 하나코의 전부에 내리쏟아진다.

"응, 고마워…… 나도 그렇게 생각해. 렌과 만날 수 있었던 건 운명이라고…… 그렇게 느껴."

열심히 말을 이어가면서, 하나코의 눈에서는 눈물이 흐른다.

하지만 어쩌면 내가 울고 있는 것일지도 몰랐다.

"저기, 렌…… 나…… 대답을 하러…… 왔어."

아아, 드디어.

"응, 들려줘."

떨리는 하나코의 몸을 렌이 끌어안는다.

렌은 나를 모른다. 내가 존재하고 있었다는 것도.

하지만 렌은 알고 있다. 하나코의 멋진 면을. 하나코의 귀여운 면을. 모두 알고 있다.

"나…… 줄곧…… 렌을 만나고 싶었어. 렌이 어떤 목소리로 말하는지, 어떤 식으로 웃는지…… 쭉 알고 싶었어. 렌이 보내주는 메시지는 나한테는 생명선이고…… 깊은 밤 속의 빛이었어."

하나코, 힘내.

사라져 버려도 곁에 있어.

나는 언제나 하나코 안에 있어.

왜냐면 나를 만들어 낸 건 하나코니까.

"나는 아직… 렌에 관해 아무것도 모를지도 몰라… 하지만…… 처음으로 메시지를 교환한 밤부터… 나… 나는… 이 세상의 누구보다도…… 렌을… 좋아해."

자, 하나코— 시작하자.

하나코가 써 내려 가는, 하나코를 위한 꽃 이야기를.

4.7인치의 세계에서 사랑을 했다

초판 1쇄 | 2021년 11월 24일

지은이 키나 치렌 | **옮긴이** 주승현

펴낸이 서인석 | **펴낸곳** 제우미디어 | **출판등록** 제 3-429호

등록일자 1992년 8월 17일 | **주소** 서울시 마포구 독막로 76-1 한주빌딩 5층

전화 02-3142-6845 | **팩스** 02-3142-0075 | **홈페이지** www.jeumedia.com

ISBN 979-11-6718-077-3

*파본은 구입하신 서점에서 교환해 드립니다.

제우미디어 트위터 twitter.com/jeumedia

제우미디어 페이스북 facebook.com/jeumedia

만든 사람들

출판사업부 총괄 손대현 | **편집장** 전태준

책임편집 황진희 | **기획** 홍지영, 안재욱, 신한길, 양서경

영업 김금남 | **제작** 김용훈

디자인 총괄 디자인그룹 헌드레드